文学常青藤丛书

吴欣歆 郝建国 主编

探微创意的蹊径

本册主编 邹 明

编 委 邱晓云　郑　铉　汤　莉　林嘉琦　张　彪
　　　　黄园袁　陈媛媛　丁戊辰　杜　珂　房春草
　　　　宫睿哲　龚　卉　郭林丽　刘建钰　娄赛赛
　　　　邱道学　舒　迟　唐中云　唐　洁　武晓青
　　　　向东佳　谢　玄　许姗姗　杨　玲　张佳琪
　　　　张梦甜　张　倩　张　伟　周小玲

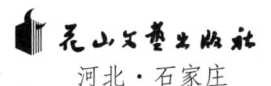

花山文艺出版社
河北·石家庄

图书在版编目（CIP）数据

探微创意的蹊径 / 邹明主编. -- 石家庄：花山文艺出版社，2025.1. -- (文学常青藤 / 吴欣歆，郝建国主编). -- ISBN 978-7-5511-7411-4

Ⅰ．I217.2

中国国家版本馆CIP数据核字第2024AL8616号

丛 书 名：	文学常青藤
主　　编：	吴欣歆　郝建国
书　　名：	探微创意的蹊径 TANWEI CHUANGYI DE XIJING
本册主编：	邹　明
统　　筹：	闫韶瑜
责任编辑：	尹志秀
责任校对：	李　伟
美术编辑：	陈　淼
出版发行：	花山文艺出版社（邮政编码：050061） （河北省石家庄市友谊北大街330号）
销售热线：	0311-88643299/96/17
印　　刷：	石家庄名伦印刷有限公司
经　　销：	新华书店
开　　本：	880毫米×1230毫米 1/32
印　　张：	10.5
字　　数：	230千字
版　　次：	2025年1月第1版 2025年1月第1次印刷
书　　号：	ISBN 978-7-5511-7411-4
定　　价：	36.00元

（版权所有　翻印必究·印装有误　负责调换）

总　　序

2022年春节，花山文艺出版社社长、总编辑郝建国打来电话，商量共同策划一套中学生"创意写作"丛书。当时，我正在反思应试作文的正面作用和负面影响，确定了样本校，想做一点儿"破局"的教学实践，目标是使学生在学会写作的一般规则的同时又能够自由表达。恰逢其时、恰逢其人、恰逢其事，一次通话就确定了合作意向、基本方向、大致的工作进程，很是痛快。

但我不想用"创意写作"的概念，因为创意写作是一个成熟的学科，有专门化的人才培养方案，而中学课程方案中没有设置这一学科。早在1936年，美国艾奥瓦大学就已经有了创意写作艺术硕士（MFA），此后，艾奥瓦作家工作坊在英语国家广泛推广，继而在全球范围内产生了深远的影响。在我国，2007年，复旦大学开始招收文学写作专业的硕士研究生，2009年正式设立了创意写作专业硕士学位点；2011年，上海大学成立了创意写作创新学科组；2014年，北京大学中文系成立了创意写作教学团队……据我了解，目前全国有二十所左右的高校招收创意写作专业硕士，课程内容涵盖小说写作、诗歌写作、媒体写作、传记写作等多种文体类型，有明确的培养目标和教学方法。虽然有些中学开设了创意写作的校本课程，但我的目的不在于推广这门课程。我主张用创意写作的学科知识指导中学写作教学的变革，在概念上使用课程文件用语——创意表达。这一想法得到了出版社的支持。

在我看来，所有的写作对学生而言都是创意表达，都需要借助生活经历、语言经验、知识积累、思维能力，把想法变成实际存在的文字，即便是严苛的学术写作，也能够体现出学生的个性特点。对于成长中的学生来说，写作除了具有学习功能、交际功能、研究功能，还有重要的心理建设功能。写作的内核是面对真实的自己，面对真实的情感体验，用文字表达的时间是学生认真面对自己的时间，如果能够自由地表达出自己的想法，就能够很大程度上实现心理重建。

娜妲莉·高柏在《心灵写作》中把写作称作"纸上瑜伽"，她倡导学生每天自由自在地写十五分钟，直接记录脑子里随机出现的词语和句子，记录眼前的事物，记录此时此刻的体验和感受，不管语句是否通顺，内容是否符合逻辑，不管要表达什么主题，就一直写一直写。这样的写作，显然有助于克服书面表达的恐惧与焦虑，有助于克服因为期待完美而导致的写作拖延。学生奋笔疾书之后会有一种释放感，一种绷紧之后的放松感，书写的畅快足以改变不良的心理状态。

写作工坊比较常用的练习方法大多能够引导学生的思维自由延展，比如曼陀罗思维法，又被称为九宫格法，就是将自己的某个观点写在中央的格子里，围绕这个观点进行头脑风暴，将其余八个格子填满，继而再辐射出八个格子，两个轮次的头脑风暴，核心观念迅速衍生出六十四个子观念。再如第二人称讲述，用"你"开头，写下你看到的、听到的、嗅到的、触摸到的、反映出的、联想到的各种信息，连贯地用文字表达自己真实的见闻与感受。又如庄慧秋的《写出你的内心戏：60个有趣的心灵写作练习》，提供了六十种开头提示语，其中包括"我喜欢""我讨厌""我热爱""我痛恨"等自我情绪表达的提示语，以及自我形象变形的提示语："如果我是一棵植物，那我就是……""如果我是童话故事中的角色，那我就是……""如果用一幅画来象征我自己，那我就是……"

这些方法都可以在写作教学中运用，帮助学生感受到自由思考的快乐，在相互启发中打开书面表达的广阔世界，帮助他们实现创意表达。

对于中学生的创意表达，我有三点想法。

第一，放松写作体裁限制，用自己的方式记录看到的社会生活，表达真实的情感体验。中学写作教学存在为体裁找内容的现实问题，学生非常熟悉记叙文、议论文的套路，习惯按照既定体裁框架填充写作内容，这是违反创作规律的。合理的状态是，学生有见识、有感悟，有表达的目的和对象，为了实现目的寻找合适的表达方式。体裁可以自由选择，甚至可以自由创造，我们要鼓励学生为自己的内容找到合适的形式。

第二，拓展写作内容边界，在广阔的社会生活中发现写作的内容，探索写作的价值。美国非虚构作家盖伊·特立斯的作品集《被仰望与被遗忘的》，从微观层面记录了纽约的城市风貌，关注各种人和他们背后的故事：俱乐部门口的擦鞋匠、高级公寓的门卫、公交车司机、大厦清洁工、建筑工人等。

我们要鼓励学生写他们熟悉的、他们经历的、他们知道的，鼓励他们写出自己眼中的世界图景。

第三，重构写作指导模式，建立师生协作的创作团队，形成完善的创作流程。中学写作教学习惯"写前指导"和"写后指导"，写作过程中的指导尚未受到充分关注。Perry-Smith 和 Mannucci 在前人研究的基础上，根据创意过程中不同阶段的需求将创意过程划分为创意产生、创意细化、创意倡导、创意实践四个阶段。学生的初步想法，很多时候是"灵光乍现"，教师要有一套办法组织学生分析原始创意，征集延伸性的内容与想法，整合收集到的信息，帮助学生完成创意的修改、发展，有序完成从创意到作品的实践过程。

《义务教育语文课程标准（2022 年版）》设置了"文学阅读与创意表达"任务群，《普通高中语文课程标准（2017 年版 2020 年修订）》设置了"文学阅读与写作"任务群，对学生使用书面语、发展创造力提出了明确的要求。本套书选择的学校大多为区域名校，学生的创作和教师的指导体现出落实课程文件要求的原则与策略，期待能够引领更多学校、更多师生的创意表达。需要说明的是，这些学校的师生不仅重视创意表达，而且极为重视语言运用的规范，他们热爱国家通用语言文字，热爱中华文化，对中华文化的生命力有坚定的信心，他们的创作在弘扬中华优秀传统文化方面，也做出了良好的示范。

2023 年元旦于北京　吴欣歆

序　一

清华附中是一所百年名校，校歌里唱道："西山脚下，圆明园旁，白杨丛中，一片春光。"

清华附中可谓风光秀美，人杰地灵。它秉持"自强不息，厚德载物"的校训，始终坚持"以育人为中心，以学生为主体"的教育思想和办学传统，不断强化素质教育，为学生的个性发展提供了广阔空间，形成了鲜明开放的办学特色，创建了良好的学风、校风。

"文学是一种与人生最密切相关的艺术"，文学阅读与文学创作，可以让我们深入地认识生活、感受自然、关注社会、理解人性，同时也可以健全人格，丰富内心世界，多方面和谐地发展人性，反省和塑造自己，从而获得高尚的人格和理想的人生。清华附中特别重视文学创作的教育实践，并走出了一条学习与生活实践紧密联系的文学创作的教育路径。学生们在丰富多彩的学校生活中，深入地体验生活，读写并重，文学创作的风气在学校一直长盛不衰。在清华附中的毕业生中，出现了史铁生、郑光召、陶正、甘铁生、刘书堂、柳家新等十多位著名作家。2016年，清华附中毕业的女作家郝景芳创作的《北京折叠》获得第74届"雨果奖"最佳短中篇小说奖。

随着时代的发展，清华附中发挥教育创新引领作用，在语文学科的发展中，特别注重阅读对学生的浸润，形成了对学生分学段的阅读系列指导，还特别注重开展丰富的语文实践活动，并在活动中促进学生的读写联通。清华附中是"全国中学生校园诗会"的发起校之一，在每年的诗会上，学生的诗歌创作、诗歌朗诵活动蓬勃开展；清华附中在海淀区作家协会的指导下成立了清华附中小作家协会，以校刊《云栈》为核心，培养了一批热爱文学写作的学生；清华附中开设了《文学写作》选修课，对有志于文学创作的学生进行提升指导；清华附中每年开展"一二·九"戏剧节、微电影节比赛，在团队排演实践中，剧本佳作频出。

本书是清华附中的学生们近几年来在文学创作上的代表成果。阅读这些作品，我深感欣慰，倍感骄傲。在这里，我衷心祝愿学生们在今后的生活中保持与文学的亲密关系，在生活中体悟，继续写好人生中精彩的篇章。

清华附中校长　方妍

序 二

当了很多年的语文老师,被学生和家长常问的问题其实就那么几个,其中"怎样才能写好作文"这个问题一直是被问得最多的,甚至,这个问题让我印象深刻到能立刻浮现出很多问这个问题的同学们脸上的表情:用充满期待的目光盯着你,那是刚入学的同学;皱着眉,咬着唇,那是不断修改着作文等着老师下评语的同学;低着头,不说话,或者站起来大声惊呼"怎么可能",那是又一次看到作文分数的同学。

对这个问题,我总是尽我所能一遍一遍地回答着,有时回答得很好,学生满意而去;有时回答得不好,并没有立竿见影的效果。 于是,我冥思苦想,做搜肠刮肚之功,想要寻个一劳永逸的说法。 但回答得多了,我才发现"怎样写好一篇作文"其实已不是一个教师所能全然掌控得了的。

是的,先不用提"文章千古事"的使命意识,现实中的每一个同学其实都在为写好作文挣扎着、焦虑着。 在高考指挥棒的作用下,"命运交响曲"在每个人的耳边轰轰作响,考生的前途、家庭的和谐、学校的声誉、培训机构的收入、舆论的狂欢都随之翩翩起舞，而考生们捧着自己的篇篇作文，铸文成剑，踏上了"华山论剑"之途。

　　好学生总是听话的，你教他起承转合，他便起承转合；你教他卒章显志，他便卒章显志；你教他论证需有论据，他便古今中外名人排列组合；你教他写作需要修辞，他便处处比喻、段段排比。于是"写作"从那一刻起也就正式皈依了"作文"。北大的温儒敏教授每于高考之后都会为考生们的考场"作文"痛心疾首，就此也总结出了考场作文体若干，"小剑客"们一个个收藏了自己的剑气，有模有样，千篇一律。也因此，作为一名教师，我在上作文课时，总是心有戚戚。

　　那么，在生活中，在学校里，在课堂上，在教师与学生的关联中，"写作"还在吗？我在一次对学生的演讲中跟学生们开玩笑地讨论了一下写作的意义："听与读，是把世界给了你；说与写，是把你给了世界。失去了写作，世界就失去了你，你也就失去了世界。不相信吗？面对朋友圈，你最熟悉的表达方式是不是点赞，最常遇到的状况是不是被拉黑？机会对于你，总是雾失楼台、月迷津渡？回到家中，你总是无言独上西楼？面对学习与工作，你总是此恨绵绵无绝期？回首一生，多少恨，昨夜梦魂中？"

　　清华附中学生会的公众号上推出了学生们写的一百零三句话，让我印象深刻，摘录几句如下。

　　一、附中的鸟儿能从 A 座前的玉兰树一直打架到 C 座。

　　二、高三学生中午 13：00—13：30 会强制午休，但在这之前拿上学习资料去 A419（高三语文办公室正下方的教室）可以获得一中午的极致采光和静好岁月。

三、和大家一起拉上窗帘关灯睡觉也很舒服哟！

四、他们不会知道，我在清华附中站下车的，骄傲。

整整一百零三句话，不是文章，但在这里生活过的每一个人都会在读到这些句子的时候因为文字而心动。相对于那些被人教授的技法来说，这些句子因为说出了自我而获得了神奇的力量，虽然不是作文的模样，但却有了"写作"的神韵。我常常醉心于学生这些表达自我心声的文字，故而我的学生也就能放肆成文。一次，一个学生迟迟不交作文，催逼之下，学生以"我不会写作"为题交我一纸解释：

……其次，我也不懂得用文笔添油加醋，连缀成文。总也没有能力写出像某些范文那样的一篇情感洋溢、辞藻华丽又能切题的三段式：如第一段水如何如何奔流入海，第二段山如何如何高耸入天，第三段小草如何如何青翠欲滴。甚至，我平时连个成语也想不起来，这一篇文章里用了几个成语，我是憋了几个小时才写出来的。而诗句又怕用不对意思：像"春眠不觉晓"我是多有体会的，但"花落知多少"我就难说把握住了作者想要传达的情感了。古文我也背了不少，但我一定要从"海客谈瀛洲，烟涛微茫信难求"一路背到"脚著谢公屐，身登青云梯"，才想得起来还有"半壁见海日"这一句……

妙在真实自然、言为心声，我给了她范文的分数。在清华附中高一、高二的写作常规训练中，随笔占了最重的成分，学生每周随便写着，老师也每周随便判着，与其说是评语，不如说是与学生随便地聊着。没有分数，也就没有了拘束与烦恼。

学生们也写许多读书笔记与读书报告，但也常会出现意外，比如，一位女同学读《边城》，对那个不确定的结尾心怀不满，于是"愤然"出手，重写了一个结尾：

于是，从二十开始，那软而缠绵、如泣如诉的歌声又回荡在悠悠山谷中。那竹雀般轻灵的声音从遍山的狗尾草丛中飘下，和着对溪草虫的复奏清音，充填了茶峒小女的清幽梦境，撩起了花季少女的丝丝情愫。翠翠每夜在这歌声中带着一抹甜笑入睡，进入一个个优美的梦幻的仙境。她始终没有问这歌者的来由，却从爷爷一次次的暗示和略带几分狡黠的微笑中猜出了几分，便在这笑容中红着脸低下头去，匆匆跑进竹林采狗尾草了。

外面的雨下得正猛，雨点儿不留情地打在竹叶上，迸成几瓣，一波碧水上处处泛起涟漪，整个山林都在雨雾中模糊了。今夜是不会有歌声了，翠翠想着，又往被窝深处钻了钻。正想着让爷爷关紧窗子，却听见山的那边又一次传来她梦里的天籁。那声音倔强地穿过层层雨雾，被洗濯得那样干净。它倔强地飘进翠翠的耳朵，飘进翠翠的心里，托起她最纯真的梦，成为她心底的清风。翠翠忽地跳下了床，她的心只想随那歌声而去。

跑到山底，她终于看到了山顶那云雀的剪影。一片青光中，那个宽肩膀高鼻梁的男孩儿，脸冲着山下的小屋，将自己的心跳和温度融进歌声里，小心翼翼地吹进女孩儿的梦。他终于看见了女孩儿，便拨开雨雾向她挥舞双臂，雨打在他黝黑而俊俏的脸上，湿成一片，已分不清是雨水还是泪水。这一轮歌声是由自己开始的，而今天是初五……

第二天一早，载着大老的木船在河岸边停靠了。半个钟头前，二老乘坐的扁舟刚刚出港……

写得好不好、合不合理已经不重要了，少年心性，敢爱敢写恐怕更为重要。

对课文的学习，考查的方式对多数学生来说便是做题。但清华附中学生的作业要复杂得多。例如学习完《荆轲刺秦王》一课后，作业布置如下：

荆轲刺秦这一事件发生，天下震动，请你以当时某一国的新闻社记者的身份写一则新闻，表明你所代表的国家的立场。

学生们好胜心切，各站立场，各展所长，仅摘录其中一篇习作。

燕人荆轲刺秦

《临淄晚报》记者余鹏报道：燕人荆轲出使秦

国，借献城之机，刺秦王于咸阳宫，事败身亡。据悉秦王略受惊吓，并无大碍，秦军已向燕界部署。

　　这件事发生后，我国国内各种评论纷起。大齐兵械处匠人张三说，这是小国向大国的侵略表达不满的一种方式，哪里有压迫哪里就有反抗，它表达了燕国抗秦的决心！临淄大学稷下学宫校长李四认为这是给了秦国一个制裁燕国的借口，刺秦一事将要使燕国走向灭亡。东方剑术协会会长王二麻子指责荆轲剑术低劣，错过了大好时机，丝毫未伤秦王。他认为剑术低劣是刺杀失败的主要原因，若是经东方剑术协会培训的学员出手，定会功成业就。他同时否认了剑术协会与荆轲有关系的传言。司马田将军说："近几年秦国军事力量强大，已灭数国，除燕外，其余诸国也危在旦夕。秦军灭燕只在片刻，若秦灭燕，秦军至齐北界，齐国危矣！而近来我军练兵次数少，军械老旧，军无战意，若不加大军费拨款，提高军人待遇，事有不测啊！"

　　以上是记者在临淄赛马运动会投注现场采访到的。

　　这篇文章可以说有格式无套路，既识古又知今，书读得有趣，文章写得好玩儿。

　　对于怎么写好作文，清华附中的老师们大概是有了自己的见解。写文章是为了什么？是为了说出你的心声。面对自己，你是否能自信地欣赏，又能反躬自省？面对他人，你是否能推己及人，博施济众？面对自然，你是否能格物致知，心知敬畏？面对生命，你是否能乐天知命，悲悯包容？面对内心，你又是否追求独立、自由、自尊？我们突然发现，教授作文应该不是语文教师的专利。

难道不是吗？我们用笔写出的每一篇文章其实都包含着如下的内容：家庭和社会给了你情感、性格、生活的经验，数学老师训练了你思维的逻辑，物理、化学、生物老师教给你认识世界的方法，外语老师让你开阔心胸、打开视野，艺术课老师教你发现、体会到美，体育老师让你挑战自我、学会坚毅，史、地、政老师则给了你社会与世界的常识、经验。学校厚德载物，给了你品德的基础；学校自强不息，给了你追求的动力；学校以人为本，那么你也必有心怀天下的情怀。

好在，清华附中给了学生足够的空间和舞台，丰富多彩的学科活动和社团生活加深着学生们对生活的理解，广泛的阅读丰润着学生们的精神，笔耕不辍的学风助力着学生们的表达，诗心和想象就此萌芽，诗歌、散文、小说……那些动人的写作在这里蓬勃生长。

这次有机会将清华附中的同学们富有创意的写作结集出版，也算是把"怎么写好一篇作文"的问题做了一次不知是否能令人满意的解答。

清华附中　邹明

目　录

看见·又见

引言 …………………………………………………… 003

·散文·

塔克拉玛干的灯塔 …………………………………… 005

世外桃源 ……………………………………………… 008

当雨下的时候 ………………………………………… 010

记我心中的桃花源 …………………………………… 012

土家傩戏 ……………………………………………… 014

雨·忆 ………………………………………………… 016

长辈 …………………………………………………… 018

表情 …………………………………………………… 021

真好，我在年少遇到你 ……………………………… 024

他 ……………………………………………………… 026

为了你 ………………………………………………… 028

淫雨霏霏，难说再见 ………………………………… 031

不负丹青 ……………………………………………… 033

茶 ·· 035

退休之前 ·· 037

兵马俑 ··· 044

忽见 ·· 046

反转 ·· 049

夜空中最亮的星 ································· 052

一朵花的开放 ···································· 056

出壳 ·· 058

小桥流水人家 ···································· 062

月落，日出，花还会开 ······················· 064

征服"时间" ······································ 067

手 ··· 071

猫 ··· 073

随记 ·· 076

· 小说 ·

空教室 ··· 079

远行者才有故事 ································· 082

真没想到 ·· 085

担当 ·· 090

一天 ·· 094

小丑 ·· 099

手机（一） ······································ 102

手机（二） ······································ 105

纸（一） ··· 110

纸（二） ·· 114
卷鱼的休斯底里梦 ································· 118
秋水长天 ··· 120

· 传记 ·

刘备传 ·· 138
季汉书·姜维传 ····································· 142

讨论·立论

引言 ·· 147
诗话十四则 ·· 149
谈李白：理想主义者的天真 ···················· 153
黑云压城城欲摧，甲光向日金鳞开 ·········· 156
悲欢本不相通 ······································· 160
关于《阿Q正传》的思考 ························ 163
"狗尾"并不比"貂"差 ······························ 166
唯象 ·· 169
论孝 ·· 180
说"西风" ··· 182
感悟"野象之旅" ···································· 184
也说"在途中" ······································· 186
树文化自信，担时代使命 ······················· 189

畅想·幻想

引言 ·· 193

· 诗歌 ·

初冬瑞雪 ························ 195

清明 ···························· 198

随笔 ···························· 199

清华附中校歌改编 ················ 201

桃源 ···························· 202

北京双奥迎二十大 ················ 204

浪淘沙·庆建党百年 ·············· 205

散步（一）······················ 206

散步（二）······················ 207

散步（三）······················ 209

散步（四）······················ 210

散步（五）······················ 212

散步（六）······················ 213

散步（七）······················ 215

故乡 ···························· 217

弧线 ···························· 221

子卿行 ·························· 222

若你 ···························· 224

那片土地 ························ 227

青苔 ···························· 229

笔墨历史 ························ 232

明镜 ···························· 235

水手 ···························· 237

萤火虫之歌	240
火之歌	242
跑者	246
北方之歌	248
秋收	250
东方的传说	252
青春	253
小鸟	254
光	257
春潮	259

·科幻小说·

黑洞发电的失败	261
星空	268
远	275
精卫精卫	279
折叠椅	285
利他者的传说	297
网	300
食之本	304
手机（三）	308

后　　记 312

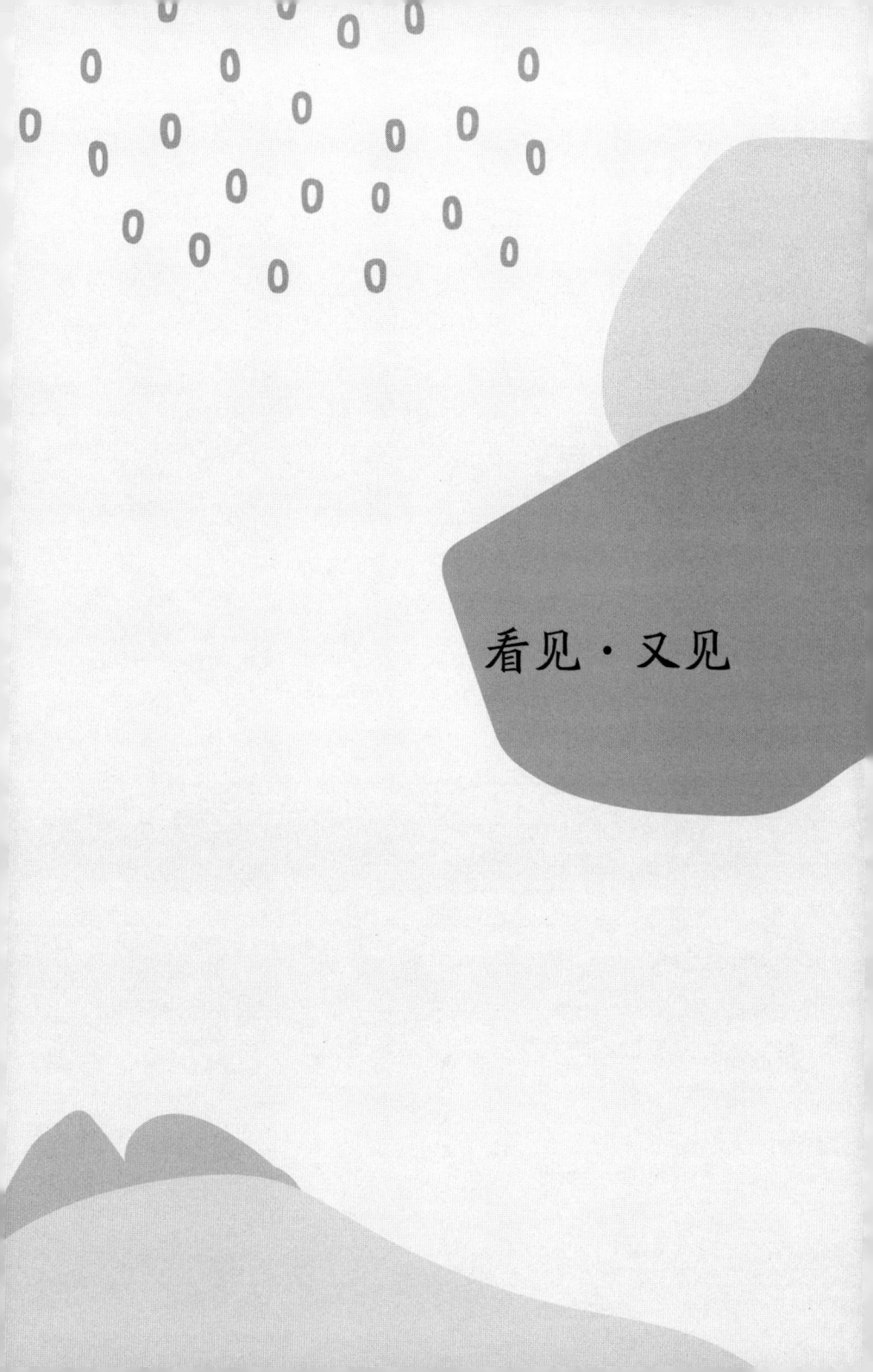

看见·又见

引　言

　　本部分所选大多属于写实类文章，或触景生情，或睹物思人，或记事抒怀，或理解生活……其实优秀的散文、小说，大多抒写作者对人生与社会真实的感悟：要叙述生活中典型的、真实存在的人物和事件，抒发写作者内心深处最真实的情感。对处于写作初始阶段的中学生来说，尤其如此。

　　王国维在《人间词话》中说："境非独谓景物也。喜怒哀乐，亦人心中之一境界。故能写真景物、真感情者，谓之有境界，否则谓之无境界。"其实不独诗词，好文章、小说亦如是，要表达作者生命中真实的感发，即内心真切的感受，有真景物、真人事、真感情才能动人。如果写作者缺乏对宇宙万象、人生百态的个性体验和真实感悟，一味追求华丽辞藻的垒砌，只能陷入自欺欺人的窘境。真情实感赋予文章生命力，缺乏真情实感的作品如"七宝楼台，炫人眼目，拆碎下来，不成片段"。只有用真情与心血去浇灌，作品才能焕发出生机、活力。

所以，巴金说"我的任何散文里都有我自己"，刘半农言要"赤裸裸地表达"。这些小作者给我们最大的启示也是：写真实的"我"。不装深沉、弄哲理、玩文字游戏，实实在在地真诚"为文"，写人记事，写景抒情，创设形象，反映社会。但这种真实不是闭门造车式的，不只是家庭、学校这样小天地中的小情绪、轻感受。我们希望大家如这些小作者一样，走出课堂，走出校门，走向大自然，走向现实，开阔眼界，增长见识，真心去感悟，真心去记录。

◇散 文

塔克拉玛干的灯塔

◎魏亦博

如果说莽莽沙海是一片漆黑的汪洋,那么每一棵胡杨树就是一座散发着光和热的灯塔,指引着希望的方向,而它们聚在一起,则成为明亮的港湾。

塔克拉玛干,在维吾尔语中意为"进得去出不来的地方",当地人通常称它为"死亡之海"。前些年,我们一行人驾车驶入这片不毛之地,穿过一排挺拔的白杨筑成的屏障,梭梭、红柳组成的灌木群逐渐销声匿迹,绿色一步步地向我们身后退去,空余下裸露的沙石。没过多久,身边已经完全被一座座沙丘包围,沙丘虽然不算太高,但是连绵不绝、横无际涯。刚才牵着骆驼走进沙丘的牧民,如今早已不见踪影。真是一丘放出一丘拦。若没有这条横亘其中的公路,怕是走到筋疲力尽也只是在沙丘之间转圈圈。不知道千百年来究竟有多少行者、旅客丧命于这看不到一丝希望的瀚海之中。

穿越颠簸的公路,窗外的沙丘如大海的波涛一般跌宕起伏,令人昏昏沉沉。我的眼帘禁不住将要滑下时,车里突然有人喊道:"绿洲,是绿洲!"一车人纷纷抖擞起了精神。随着绿洲逐渐逼近，我看见几棵稀稀拉拉的胡杨树庄严地守护着从它们身边流过的小河。甘洌的清流刚好足够口渴的旅人润一润嗓子，再打一壶装进骆驼皮囊里。我双脚踩在龟裂的地上，炽热的裂痕里藏着深深的盐渍，对于植物来说这就是一层层致命的毒药。但是胡杨树将根须死死地扎进这凶险的土壤，像龙一样舒展着自己苍劲的身体。在它们硕大身躯的庇佑下，肃杀的盐碱地上竟多了一丝生机，一簇簇青翠的盐角草仿佛寄身在灯塔下的不归舟。面对烈日的暴晒和风沙的洗礼，胡杨自有它的求生之道。我小心地采下一枝嫩茎，羊皮纸般触感的叶片和散发苦涩的汁液（高浓度的盐液可保障其渗透压）告诉我它们如何与残酷的自然斗争，每一片淡绿色的叶片都闪烁着顽强的光芒。或许没有塔克拉玛干，也不会有胡杨树吧。

又过了几十公里，河边的胡杨林愈发稀疏，有些老树倒下了，便一头栽进沙石的怀抱，燃尽了属于它的那最后一丝光亮。然而眼前的此情此景绝非儿时在书上看见的万木争荣的塔里木河胡杨林。后来我仔细地询问了当地的司机一番，才了解到那无边无际的胡杨林是真实存在过的，但由于过度开垦和引水灌溉，数十年来塔里木河水位节节下降，纵然胡杨"生而一千年不死，死而一千年不倒，倒而一千年不朽"，但日益枯竭的地下水却是压倒它们的最后一根稻草，让有千年之寿的它们不过百年便油尽灯枯，化为土灰。或许难以想象，这长明了千秋万载的生命之光，如今会如此脆弱。

很久之前，楼兰古国依靠胡杨林的绿洲建立城池，成为丝绸之路上的一颗明珠。随着森林的退化，原本商路上的秀丽风光、一世繁华，只剩下"一川碎石大如斗，随风满地石乱走"的荒凉。胡杨林的兴衰让一座座明亮的港湾从荒凉的沙漠中拔地而起，又让一座座港湾土崩瓦解，沉没在沙海之中。

　　支撑起希望的每一棵胡杨，都是死亡之海中明亮而脆弱的灯塔，需要我们的呵护和尊敬。我久久凝望着身后逐渐消失在天际的胡杨林，我希望这只是暂时离开，而不是一场永别。

指导教师：邱晓云

世外桃源

◎郭昱宇

那是山坡上最高的小屋,是结实的竹楼,正对着山下那片流水之上的白墙灰瓦,又背靠着林木花草,那是我的世外桃源。

我可以坐在小屋的窗台上俯瞰山下的小城。那座不高的江南小城,在宁静的河道两旁。往来的船只拖着长长的水波,运来绫罗绸缎、各色花鸟。人们在石桥上来来往往,孩子们牵着长长的风筝线穿过人群、小巷,那巨大的彩色燕子便在空中飞舞。满目的糕点飘香,这个荷花形的叫出水芙蓉,那个桃花香的叫流水桃花。力壮的少男少女拿着书本、果子,翻上屋顶,贪那清风凉。我坐在小小的竹楼里,看这喧闹人家,画小小的画儿。这里春日桃红柳绿,夏日有荷花,冬日有薄雪,我日复一日,看四季变化、人声喧闹。

我的竹楼很小,却温暖结实,妈妈做我爱吃的菜,爸爸飞去海南,我可以抱着猫走进流水之乡,流连在夜晚的灯火阑珊中。

夜晚,清风阵阵,大人提灯笼,孩子举鱼灯,青山下,星光片片，那是灯花烁烁里的人间。彩色的鱼灯随风动、人动，游向远处的高楼，游向竹船，游向桥底。太阳不亮了，人间仍不会陷入黑暗，我看着人们在黑夜中寻找光亮。

我躺在竹楼前，这里日复一日地安定、平静、喧闹、纷杂，这片小城有人声，这片山林有安宁，我可以在它们之间流连，也可以观望这烟火人间。

千家灯火的人间，单单放眼便已足够美好。这片桃源灿烂盛大，却又给了人们一个小小的家。哪怕只是看着，我便满足了。

天已全黑，灰瓦传出悠然的乐声，蛙鸣阵阵，繁星点点，山林陷入墨色，猫儿发出呼噜呼噜的声音，一切淡然安定。

指导教师：邱晓云

当雨下的时候

◎周彦希

当雨下的时候，湿了衣裳，满了陂塘，万物生长。
——题记

清静了。没有了汽车在马路上喧嚣，没有了街边馆子里醉鬼的喊叫，没有了灰色的阳光在烟尘中无聊地闪耀，一炷檀香，一缕雾，一壶茶，就是世界。

请停下来看看吧，世间曾有那么多的美好，只是你不曾在意。当夕阳照在屋子空空的角落里，细小的浮尘散漫地游动着，那是安逸。当雨后彩色的空气映上了远去的鲸一样的云，那是梦的瑰丽。当晚风吹过树叶，发出沙沙的声响，那是夜在呼吸。

那天早上，我不知为何早早醒来，看青色的天光温柔地透过还没亮起的云和我的纱帘，照在桌上，是清晨独有的朦胧。那天中午，我坐在被阳光晒得那样柔和的沙发上，读着一本四四方方的奇幻小说。那天傍晚，我坐在窗前，朝故乡的方向望去。那天边被镶上了夕阳的云，飘散成一只高飞的凤鸟，好像徘徊在长烟笼罩、云雾缭绕的山水间。那天晚上，我迟迟不能睡去，只看到那皎洁的月光照亮了沉沉的黑，是午夜的静谧。

出不去门又何妨呢？那窗开着，透进来春风秋叶的光影、夏雨冬雪的声音，是山水的清新，是草木的浓荫。"日月忽其不淹兮，春与秋其代序"，云卷云舒，光阴流转，如白驹之过隙，如大川之急湍。在这千帆竞渡的时代，何不驻足好好看看身边的世界呢？

人们总怨天气变化无常，耽误了自己的行程，总愿能风雨无阻，可——

当雨下的时候，湿了衣裳，满了陂塘，万物生长。

当风吹的时候，起了落叶，散了暮霭，如幻斜阳。

"行到水穷处，坐看云起时。"

指导教师：邱晓云

记我心中的桃花源

◎周彦希

薄暮轻纱,长烟清雾。层峦叠嶂,横柯上蔽。玄云在空,柔光下照。曲水清溪,缥碧见底。苗寨吊楼,隐于谷中。田间忙闲,鸡犬相闻。一声号子嘹亮地吼淡了雾气,一座静谧的古城从雾里显现出来,她就像瀑布一样挂在山间。

酉水悠悠地从这山城流过,碧水上漂着几只小船,艄公唱着号子,轻轻唤醒了古镇。土家人背着背篓,有的上山了,有的到街上去买东西了,有的背着孩子,孩子指着路边早餐摊锅里浮浮沉沉的小吃问老妇人道:"家婆家婆,那个是吗子?"

"油粑粑嘛,今儿早饭才逮的嘛!"

"那个咧?"小孩指着馄饨问。

"那个是水饺嘛,昨儿早饭才吃的嘛!"

"昨儿早上不是嗦的粉吗?"

"那就是前天!"

"阿婆,再买几个油粑粑吗?"小贩招呼着。

"好多钱一个?"

"看你是常客,两块钱一个!"

"感谢感谢,给我过八个!"

背着背篓的阿婆在小贩"米豆腐!凉粉!水饺!油粑粑……"的吆喝声中,拎着一袋粑粑走了,小伢儿在背篓里大口地啃着一个,朝小贩挥手告别。

沿着这条半边街走下去,有一间银铺,光顾这里的多是苗人,多是女儿和母亲一起来给女儿出嫁时的穿戴添添补补。在这里可以听见不远处桥下情人对唱的声音。店里挂着的银饰则随着风声叮当作响。桥上的人来来往往,其中时常传来铜铃的声音,伴随着远处瀑布凉亭的风和溪水潺潺声。

没有马达的轰鸣,没有刺耳的喇叭声,人们操着乡音交谈,空气中只有杜若芷兰的芬芳、泥土和雨水的清新或者是古城小吃的浓香,天空总是被几缕蒙蒙的烟子笼着,所有的一切在这种天光下都显得柔和无比……

从山谷里吹来的风在傍晚的夕阳余晖中吹散了云。

清风惠气,天山俱净。重峦叠翠,疏条交映。长烟一空,斜阳千里。燕雀翔集,鱼游浅底。苗寨吊楼,隐于谷中。田间忙闲,渔樵互答。烤火炉里的炭火熄了,古城在星夜下静谧地睡了……

指导教师:邱晓云

土 家 傩 戏

◎周彦希

浓浓的雾气笼罩着这一片原始的大地丘陵，层峦叠嶂，湿气四溢，黑云压山，隐天蔽日。天上忽然打了一个闪，随之而来的是铜鼓一般的隆隆雷声，就要下瓢泼大雨了。此间景象，就好像屈原《天问》中说的"冥昭瞢暗，谁能极之""冯翼惟象，何以识之""阴阳三合，何本何化"的一片混沌。

狂风骤雨来临之前，草木都十分寂静。

蓦地，手击在水杉的木鼓上，铜钹互相碰撞，牛角号吹响了，又一道闪电划破厚重的云层，土家傩戏轰轰烈烈地开始了。嘹亮高亢的曲调一出，技惊四座，一唱起来，山都要动摇，地都要震荡，神鬼都要惧怕不已！那戏的声音，竟盖过了狂风的呼啸，盖过了冻雨的倾洒，盖过了天雷的炸裂，在湘西的大山之间。自廪君来到这片土地起就唱响了的傩戏，千百年来从来没有停过，今天再度爆发了！

好一场混沌的土家傩戏！

判官、无常鬼、二郎神，还有孟姜女，白的、蓝的、绿的、红的、秃头的、长角的、胡子长出天际的，用蛮荒的巨木铸成了质地的野性，用狂放的刀锋刻成了轮廓的粗糙，用张扬的色彩铺成了面孔的狰狞。整个班子的演员在台上手舞足蹈。他们毫无章法地挥舞着，毫无章法地顿踏着，毫无章法地摇晃着，和着曲子和歌声，和着铜钹声和木鼓声，和着狂风和暴雨，尽情地挥洒着原始的狂野，几千年前就曾在这山间舞蹈过、挥洒过的狂野！

好一场混沌的土家傩戏！

在神州大地的另外哪些地方还能爆发出如此这般的戏？黄土高原过于晴朗，岭南过于湿热，东北又过于寒冷了。怕是只有在这蛮荒了几千年、土家人聚居的充满雾气、湿气甚至是瘴气的混沌的山间吧！中国戏剧的活化石，从一个个鲜活的身躯之中涌出对来年的寄托；最古老的祭神驱鬼仪式，从一个个鲜活的身躯之中涌出来对鬼神的想象，还有那最重要的对生命的热爱，是最本源的从混沌中迸发出来的生命的动力。

好一场混沌的土家傩戏！

戏唱起了①，山间又归于一片寂静的混沌了。

指导教师：邱晓云

---

① 唱起了：湘西方言，指唱完了。

雨·忆

◎郭昱宇

"滴滴,答答……"

车窗模糊了,只见行行晶泪滑过,是天在哭泣吗?是云又调皮了吗?女孩儿这样想着,望着水滴流过留下的痕迹,期望着。

汽车行驶着,川流不息,却只留下光晕的影儿——各色都有,像女孩从前去的石花洞——只是此时,天是阴白阴白的,如一张纸。

是不多见的润雨,夏天的热,被冲走了。

伞,撑开来,水珠跳起来,像她的脚步。那伞,像朵花,轻飘飘的,随着她的脚步,上下纷飞着,雨点儿在空中小声抱怨女孩的舞步,"答,答答……"

叶子绿得出奇,仿佛抒发了自己的诗情——斑斑的绿意,不停地闪动,像被雨唤醒了,还笼了一层雾气,像藏着什么,或许是小精灵吧?雨点儿会打疼他们吧?水花发出回应了,它们也在跳跃,蹦得很高,是了,像极了雨点儿。河水急切地问:"都是水,为什么你从天上来?"可惜了,雨也不知道。

润雨，竟也大了。

"但仍与以往不同，是绵绵的，不会疼。"叶子答着。她倾着耳朵，听着。

又是白头翁的歌，是雨的节奏、叶的欢鸣，它们交织在一块儿，织成一曲雨的歌。每个音都旋着，跳着，正如它们的演奏者。

她走着，沉浸着。

"玉珠挂在柳梢头，独行小影黄昏后。"她编的曲子萦绕着。

雨珠浸湿了裙角，她不在乎，她多想一直这样走下去……

那个女孩儿就是我。我已数不清，有多少期盼着下雨的时光，因为只有在雨中我才觉得自由。一个个日夜，一点点金阳都使我回忆着。我想回去，回到那个时间，回到那个地点，再一次默默地守着，望着。

当我望着蓝天、望着星点的云朵时，我总是期望在天边出现一抹纸白，出现丝丝雨滴……

雨啊，如一笔黑，渲染了天空的白，繁华了我心中的纸。看哪，那笔锋轻点，点点勾勾，停停提提，勾勒了我童年的影儿。

当年的孩子俨然成了少女，阳光作了她的剪影——像皮影戏。

她期盼着，亦是我期盼着。

指导教师：邱晓云

长 辈

◎刘雨欣

对我而言，作业这种东西是分等级的。有些作业一定要做完，而且必须好好做；排在后面的作业嘛，有时间并且记得就写，没时间或者忘了，咳……

当然这是很久以前的事情了。确切的时间是初一。而排在第一位的，不是语文，是生物。

语文可以理解，身为组长，如果完不成任务弄个"恭喜跻身前六"，那简直要以头抢地去了；而生物这一门课实在令人咬牙切齿。这是一个神奇的学科，我确信生物的"三新"可以排在第一位跟这个学科没有半毛钱的关系。

就像我至今无法理解为什么那么多人对韩星老师的亲近感无比喜欢一样。

韩星老师从一开始就坚持叫每个人的名字，不带姓。这是第一条。她每天上课基本都要明示暗示强调一遍"你们是最乖的孩子，我最喜欢你们，别让我失望"。此为第二条。有人没交作业，她眉头皱起来，"九鼎啊，咋回事儿啊？你有什么困难吗？怎么不交作业啊？我可是最喜欢你们的……"于是绕回第二条。

仅凭这几点就足以让我退避三舍、头皮发麻、不得不每天认认真真完完整整清楚明白地准时交作业。生物也因此成了三年来唯一一个我从未缺过作业的学科,神奇得令人无语凝噎。

我在还有生物课的时候,对其十分不感冒,主要是因为头疼以看着负心汉的表情看着我们的老师。会令我愧疚的老师很多很多、数不胜数,可是利用这种愧疚各种牵制我们的,韩星老师是独一个。她虎着脸说什么"四班可就没这事啊""我怎么就不信咱十一班还比不过十四班呢""唉,九鼎,你这可就没意思了啊——别让我失望……"你明明知道她的的确确是对每个班的学生都这么说,可你还就真吃这一套,当即无数人黑着脸、磨着牙老老实实收敛起来。

哦,对了,"咱们十一班",这是第四条。第五条,大概就是老年人特有的神级唠叨技能吧!

看看,人家从第一节课就把所有退路堵死了,"我知道咱们班有的学生可能不喜欢语文,有的学生可能不喜欢数学、英语,但没有一个人会不喜欢生物——这可是研究自己的学科啊!……"好嘛,就因为这句研究自己,我从始至终无论多绝望于"下一节生物课"这种事情,也不敢说半句不喜欢生物。

应该说——姜还是老的辣。

那段不忍直视的日子啊!

奇怪的是,等到初三解放了,没有生物课了,韩星老师也退休很久没见过了,反倒渐渐有感觉起来。我猜是小孩儿天性里对老人的尊敬。反正后来听谁说起韩星老师怎么着怎么着，心里是会有点儿小激动的。我思来想去，觉得这位年长的老师除了理直气壮地拿喜欢我们威胁我们之外，她对我们还算很不错的。至少是老人对小孩儿喜欢的标准以上的不错。

有一天我在走廊里碰见了她。她为什么回来，回来做什么，我不知道。但是王萱很激动，拉着我就冲了上去。

我确定自己的笑容完美无瑕。韩星老师满脸关心地拉着王萱说着什么——或者应该是王萱拉着她在说话——然而她突然转向我，漫不经心地看了我几眼，蓦地带点儿疑惑地冒出一句："哎，我记得你以前的发型不是这样的啊！"

一别大半年，韩星老师的潇洒更胜当初。她挥着手洒脱地说拜拜的时候，我目送着她的背影，忽然什么其他的也不愿想了。

我原来的那个发型，见过的人都说记不起来了，而韩星老师，半年不见的韩星老师，却还记得。

我还能多要求什么呢？

心服口服。

重新介绍一下吧，韩星老师，"为老不尊""倚老卖老"的老小孩儿，我们最亲近的老师和长辈。

指导教师：张 伟

表　情

◎张嘉惠

　　我坐在还不算拥挤的地铁上，和所有人一样，随着列车的摇晃而摇晃。

　　突然传来了音乐声，音量有点儿大，虽然只是刚刚盖过列车行驶的轰鸣声，却已经可以算是刺耳。听上去是一首又老又俗气的歌，歌词不用听就知道是大白话，用故作高昂的旋律唱出，其实平平无奇。

　　周围的人并没有都戴着耳机，可那声音似乎引不起他们耳膜的震动。我向声音的方向探了探头，又觉得自己破坏了整个车厢的淡然，于是缩回了头。

　　那声音自己过来了。我先看见一个矮胖的女人走了过来，身后跟着一个高一些的男人。我的目光自然地上移，看见那男的一手挂着一根很长的棒子，脖子上扬，是一种极别扭的姿势，再往上，我看不见他脸上的其他器官，唯独只看见了他的眼睛。

　　他的眼睛是红色的，白色的眼底上密密地爬满了血丝，像是小孩子故意扯出的鬼脸，却找不到他的黑眼珠在哪里。那是我所见过的最狰狞的表情，比凶神恶煞更甚，因为凶神恶煞起码有一对愤怒的黑眼珠，但在那本应该有生机的地方却只有两个空洞的血色深渊。

我又看向那个女人。女人的手里拿着几张面额很小的纸币，向左右的乘客上下缓缓地挥动，嘴里重复地念着些被音乐盖过了的低语。我知道了：他们是乞丐。

让我自己都诧异的是，我的第一反应竟然是：那妆化得真像，只是"演"得不够像。女人长着副不难看的面孔，却缺了点儿什么。我的视线经过她平直的眉毛、下垂的眼帘、张合的嘴、机械挥动的手、手中少得可怜的钱，然后我发现，她竟然是没有表情的。她的眼里空洞得和旁边的瞎男人一样，只是她眼里是深不见底的黑色，连眼神都没有。我看进她的眼里，发现她根本没有看着任何一个人的眼睛，似乎在望着最远的远处，又似乎盯着最近的手中的钱。

他们转过身走了，留下两个普普通通的背影。对面坐着一个年轻的女人，细细的柳叶眉趴在小眼睛上面，粉红色的嘴唇板正地抿着，耳朵里塞着耳机——大概这是她听不见那音乐的原因吧——留着长指甲的手指优雅地滑动着手中智能手机的屏幕，两腿叠在一起，紧绷在短裙下面。乞丐冲她挥着钱。她没有说话，没有摆手，视线和手都没有离开屏幕，只是浅浅地往后挪了挪身子。她的表情波澜不惊，其实更像是根本没有。

我环顾车厢，所有人都看得到乞丐的存在，却没有人改变那些没有表情的表情。音乐大响着，却更显一片死寂。死寂中，我想再看看乞丐红色的眼睛，却只能看见和所有人一样舍掉了表情的两个缓缓挪动的背影。

　　到站了。乞丐被人流冲走,消失在我看不见的地方。音乐,不知何时听不见了。我和所有人一样,盯着路线图上不同的目的地,却只显出一双无神的眼睛,随着列车的摇晃而摇晃。

　　　　　　　　　　　　　　　指导教师:张　伟

真好，我在年少遇到你

◎柳叶欣

树梢发出新芽，细雨打湿衣角，奔跑间，仍是少年模样。何其有幸，我在年少遇到你。

记忆定格在生机盎然、草长莺飞的季节。教室的课桌在阳光的轻抚下变得温柔，你也变得更加明媚。老师的教书声、同学的玩闹声和你我之间的欢笑声不知不觉地充实了一天又一天。

于是，一颗种子在心中发芽。

那时的温暖格外简单，是在下课铃打响的一瞬间冲出教室，在教学楼里、在操场上我跑，你追；是在放学路上的闲言碎语；是在竞选失败后的轻声安慰。也曾偷偷地送过生日礼物，也曾在课上传过小纸条。我喜欢看你认真执勤的模样，喜欢看你在运动会上奔跑的模样，更喜欢我看你时你也正好在看我的模样。时光的暖漫过岁月的长河，在我的记忆深处斑斓。

我心想，在年少遇到你，真好！

只是六年太短，一晃而过，好像还没来得及认真品味。

转眼升入初中，这时的每一次相遇对我来说都是幸运的。

在接水时偶遇，在食堂里偶遇，在操场上偶遇。我曾想，哪怕这样，做平行线也好！可学业的繁重、心智的成熟终究在无声无息中拉远了我们的距离。少年的心事像仲夏夜的荒原，割不完，烧不尽，长风一吹，野草便连了天。

或许家长会说，老师会说，你们太小，不懂事。但我想不是。在和你的每一次对话中，你教会我如何与人交往，让我学会了说话的分寸；你是我在跑八百米的最后关头默念名字的人，你让我变得乐观、幽默、坚强；你还是我努力的方向，我不再碰手机，好好学习，在经历了挫折后还能站起来。因为我想和你考入同一所高中，想在未来可以与你并肩同行。这个刻在心底的名字，是我前进的动力。春去夏来，秋收冬藏，我在心中默念：来日方长！

你让我在成长的路上不断变得更好，多么庆幸，我在年少遇见了你！

"不求有结果，不求同行，不求曾经拥有……只求在我最美的年华里，遇到你。"这是徐志摩曾说过的话，这对年少的我们来说可能有些言重了。但不可否认的是，你是我最珍贵的一段记忆！

那时骄阳正好，风过林梢，彼时我们正当年少……遇到你，真好！

指导教师：杨　玲

他

◎卢省身

  初中是一个全新的环境,我注定会遇到许许多多、形形色色的人。在初中的头两个月里,有一位老师让我十分敬佩,他,就是我的语文老师——向老师。向老师和我的小学老师相比,有三"奇"。在"奇"的背后,是他对工作极端的认真和对我们的负责。

  第一"奇"是其外貌和声音。向老师有一副极方正的面孔,戴着方形金框眼镜,颇有寿怀鉴老先生的气派。向老师看上去十分严肃,但却不古板,可能是额头前垂下的那绺头发造成的吧。他的眼睛像鹰一样,锐利而有神,好像会把我从座位上抓起来似的。单看其面孔,就知道他一定是位严厉认真的先生。向老师张口时,显得更"奇"了。他的声音穿过了桌椅,在教室里折返,"自带回响"之称绝非浪得虚名!向老师告诉我们,这样有气势的声音才能让全班人清楚地听到,以后我们也要像他这样,让全世界都听到我们的声音!

  第二"奇"是其讲课的样子。向老师讲课时,是不会坐着念PPT的。他总是站在黑板旁,拿着根粉笔在大屏上指指点点。倘若要写板书，他还会抓起一侧的黑板，往里一推，黑板便"噌"的一声滑到了另一边。向老师还经常留出时间让我们记笔记。一声令下后，他便环顾四周，随即走过来看每个人的情况，绝不落下任何一个人。最"奇"的还是他有一天讲《观沧海》，只见他粉笔一挥，"唰唰"两下，便将宏伟壮阔的"观沧海图"画在了黑板上。就在我们偷笑他的"写意"风格时，向老师突然扔下粉笔，猛地一转身，拽来椅子，一脚踩上去，伴着椅子痛苦的呻吟声——"嘎"，他站在了椅子上，一副豪情万丈的样子。我们满座皆惊，下巴几乎都掉到了地上。就这样，向老师在椅子上讲出了曹操当时的壮志，让每个人都印象深刻。我想，这么精心设计课堂效果的老师也是很少有的。

第三"奇"是其批改作业的态度。想想小学时，一篇周记交上去老师都要判一周，真是"实至名归"，但向老师绝不。记得有一次刚考完作文，我去找向老师面批前几天考的卷子。我一进办公室，就看到了向老师埋头批改小山似的作文本的样子。我看到向老师这么忙，刚想离开，没想到他却把我叫住了。他立刻放下手头的作文，替我分析失分点。当天下午，作文本就发了下来。我很感激向老师，感激他对工作的认真和对我们的负责。

向老师就是这样，在"奇"的背后，充满了对工作的认真和对我们的负责。我很敬佩向老师，敬佩他的知识、声音、大胆、认真。一个人改变了我对中学的认识，他就是向老师。

指导教师：向东佳

为了你

◎卢省身

亲爱的笑笑：

　　明天你就一岁半了，这对狗狗来说是最最重要的成年的日子，你知道吗？悄悄地告诉你，我已经为你准备好了成年宴，不过不要和其他狗狗说哟，不然它们会嫉妒你的！

　　在我的心目中，你是最最可爱的狗狗。想起把你接回家那会儿，你可没少吃罐头！当时你是真的小巧玲珑啊！我总是担心你吃不够，一遍又一遍地下楼为你买罐头，每顿饭都多放一些。慢慢地，你的身形饱满起来。这时我就不敢给你多加肉了，怕你横向增长，但你却想出了办法来说服我：你一屁股坐在地上，睁大眼睛歪头盯着我，如果我没有反应，你就会衔起尾巴绕着我转圈，不仅有自转，还有公转，眼睛还紧紧盯着我手上的东西，真是憨态可掬。不过，为了你的健康，我还是狠下了心。笑笑，不要为此生我的气呀！

　　最近几天的晚上我总是带着你出去溜达，寒风刺骨，松柏凝霜，为了你，我裹得像粽子一样，还贴上了几个暖宝宝，而你却在如此寒冷的天气里活蹦乱跳！但我也担心过你的健康，真的很担心。把你接回来不久，你就生了场大病，整天萎靡不振，连最爱吃的罐头也不吃了。为了你，我放下作业，想方设法地喂你吃东西：把狗粮泡软，加入罐头，甚至在附近喷了气味引导剂。你还真是固执呀，就是不吃，以后千万不要这样了。没办法，为了你的生命安全，我只好把你送到宠物医院打了几针。打针的时候，我以为你会竭力反抗，没想到针扎进去的时候，你动都没动一下。笑笑，不舒服你可以说出来啊！如果在溜达时你觉得冷的话，我也会为你套上小衣服的！

笑笑呀，不得不说的是，你真是一只调皮的馋狗狗！上个周末，你懒洋洋地在阳台上晒太阳时，我在屋子里专心地写作业。作业写完了，我从屋里走出来，被眼前的景象惊呆了：盘碗打翻在地，菜汤满桌都是，果盘中间也被拱出了一个大坑，一个棕黄的大毛球正在桌子上贪婪地嚼食着肉块，前爪还玩弄着一个小金橘。这个"犯罪分子"就是你呀，笑笑！我去捉你，你却一个"转身"溜掉了。没办法，我只好先收拾残局，待会儿再对你"批评教育"。笑笑，你要记住，我不放纵你是为了你好！

笑笑，为了你，我做出了一些改变，我希望你也能为我做出一些改变！明天你就要成年了，希望你能成长为一只沉稳的狗，希望你能自己保持健康，并有自己的准则。为了你，我写下了这封信。

笑笑，要记住：你是家庭中的一员，你的家人们会永远爱你！这也是我写这封信的原因。

　　　　　　　　　　　　　　爱你的家人
　　　　　　　　　　　　　　2021 年 12 月 18 日

　　　　　　　　　　　　　　指导教师：向东佳

淫雨霏霏，难说再见

◎卢玢铮

七月，烟雨。

可能你也知道我们要分开了吧，哭得像个泪人，追着我，从到安徽的那天起整整四天不停。

我们所到之处是黄山市的徽州古城。在我们出高铁站时，你便已悄悄地滴在我身上，留下无痕的印记。

待行至屯溪老街，你已淅淅沥沥。正如导游所说，四方街巷，粉墙黛瓦马头墙，翼然于蔚蓝之中，楼角挂着晶莹的你，滴答，滴答。我们在被泡得发亮的青石板路上踱步，手举油纸伞，相顾一笑，趣味全融在湿润的空气里，然后弥漫开来。卖糖人儿的老大爷，徽墨描金的师傅，还有手捧毛豆腐的花甲老人……好不热闹，在那一瞬间，我又听到了你。你不是牛毛飘下一般的寂然无声，不像豆粒敲打锣鼓的脆响，不如瓢泼大雨的隆响，一个个水铃铛一样，弹在纸伞上，叮叮作响。你抚摸着正呢喃细语的徽州古城，空气好像一瞬间凝住了，水雾缭绕而不散，云里雾里，只有你，滴答，滴答，还咿呀作语。一切都因你而沉寂。

去宏村那天，你便没了声音，已经习惯了带把伞的我突然有些不习惯了。只见流水潺潺，荷花莲藕，游鱼细石，船歌袅袅。虽少了一把伞的重量，腾出了一只手拍照，可是酷热无比的三伏天令我更加想念你，可你却没有再出现，我便想起这几天不曾离去的你，怎么忽然不见了……干燥代替了雨帘，阳光撤走了荫蔽，徽州被炙烤得发烫，我才意识到你的重要。

　　临走的那一天，我才意识到离别的时间迫近，那时我又想起你淅淅沥沥的声音，绵绵的，萦绕在耳边。

　　在车上，看见玻璃上挂着长长的水柱，我知道你来了，大雨滂沱，我和你隔着一扇玻璃，你清凉的温度抚平了我离别的不舍。

　　我还是想和你告别，像月亮告别太阳，即使我们相遇的时间很短暂，可你却是我记忆里永恒的时光。

指导教师：刘建钰

不负丹青

◎卢玢铮

三十年前,那儿的白墙黑瓦被定格于纸上,传遍大江南北,从此,人们记得有这样一个地方——周庄。

吴冠中先生曾画过一幅水墨丹青——《水乡周庄》,画面简洁却令人印象深刻:白墙黑瓦有节奏地错落着,屋前流水潺潺,还搭着一座温顺的桥,远处几只灰燕欢快地打着饱嗝……

周庄本身便是一幅绝世丹青。

放眼望去,最引人注目的便是错落有致的白楼。南方房屋大多墙体高,瘦窄,顶端是乌黑的瓦片,一层层向下延伸,末尾还向上翻翘,俨然一位伫立于雨中婀娜的女子,撑着一把墨油纸伞。白楼皆依河而建,河岸多石阶,每组石阶都与一座白楼相连。清晨,远山一声鸡啼,苏醒的周庄温柔而湿润。河边木门敞开,着布衣布鞋的花甲老人蹲坐在石桥边,轻搓布衣,泛起白沫,河水微荡涟漪,接着又碎在粗糙的石壁上,溅起星星水花。

顺着河道,延伸而出,便会穿过一洞洞石桥。石桥为灰石砖堆砌而成,仅靠石与石之间凹凸不平的表面相扣,却屹立百年而不倒。桥的构造是简单的，有方洞和圆洞桥，虽大致相同，但每座桥又有细微差别。河道很窄，桥身也不过二十几米长，十几级台阶，坡度平缓。两侧没有汉白玉栏杆，只是不过半米的石块排列整齐，一直延伸至小桥另一端。与画中一致，石桥的颜色也是多样的。最底层的桥座在河水冲刷下已是光滑细腻的奶白色，往上一层是褐色，黄土般的颜色，紧接着是咖啡色、灰黑色、石灰色、青白色，到石桥面则是灰中泛黄的豆奶色。这些桥好似周庄的彩虹，这几十座彩虹，斑斓了水墨色的周庄。

那里，有北方寻不见的船歌声声慢，有青底儿白花的油纸伞，有长亭和垂柳做伴，有一方天地、风轻水软……

周庄有一个优雅的灵魂和一支无形的笔，绘入每个角落、墙缝砖瓦之间。

不负丹青。

指导教师：刘建钰

茶

◎张科瑶

曾听说，每个人泡出的茶都蕴含着每个人的故事。有时须知，喝的是茶水，品的是人生。我从自己老师的茶中品出了有关得失的人生道理。

清幽的山中别居，一杯清茶，便可淡泊人生。

去山中拜访那个隐居的老师，她在山间有一间茶室，依她的喜好建成了全黑的。进门处是一两丛疏竹，绕过黑屏风，穿过长廊，便到了茶室。坐于蒲团之上，她便开始烹茶。我抬头，看见群山远岱，层峦叠翠，山头被雾气萦绕，如梦似幻，静谧的深山处偶尔传出一两声鸟鸣，使这清幽之境不会过清，多了些许人间气息。广阔的视野，反映了主人豁达淡然的性格。

倏忽间，一缕茶香唤回了我的意识。老师抬手间，烧好的滚烫的水便奔入茶杯中，原来那些深绿干瘪的茶叶忽然如惊飞的蝴蝶，在水中上下翻舞起来。卷曲的叶片渐渐舒展开来，水面上的乳白色泡沫消散了，漂起的茶叶伸展着、伸展着，然后一片跟着一片慢慢沉降下来，其姿态就像秋天里树叶飘落的姿态，只是显得更悠闲、更沉静。茶叶落到杯底后，有些还会一直竖立着，随着水的波动轻轻摇曳，光打在杯底，像是给每一位茶叶舞娘蒙上了一层面纱，她们悠悠荡荡地晃着。杯底渐渐泛起了一片烟色。这烟绿的颜色越来越浓，弥漫开来，染透了整杯水。须臾之间，茶香充盈茶室。

待茶稍凉，她便递给我一杯，与我饮茶畅谈。与她对视之时，我发现老师变了很多。她脸上深深的皱纹变浅了很多，黑白相间的头发浓密了一些，眉眼之间皆是一种淡然豁达的幸福。她跟我大赞山中美景，提起诸多柴米油盐的趣事，比如自己新收的一小撮茶叶，比如自己新做好的茶具。她现在最爱的，就是茶。

她说，喝茶，尝的是茶味，品的是人生。

她说，茶味苦而气甘，从不同角度看便是不同体验。她从茶中品出了豁达，她从茶中品出了淡然，所以才有了自己的一方小天地，不为世俗所困。

这时才知，老师品出的是淡然和豁达。世间千万事物纷纷扰扰，万不可过分沉溺其中，不然便舍不得、放不下、永不可脱身。茶的苦何尝不是另一种甜，放下何尝不是另一种得到，人生又何尝不是如此。

指导教师：张佳琪

退休之前

◎李晓珊

我爸爸那边的亲戚，以我的曾爷爷李文华为根，生长出了一个近百人的家族。天南海北的亲戚聚在一起，聊到无话可聊的时候，只要把一个人拎出来说说，气氛就又活跃起来了。

这个人就是我的小爷爷李玉全。

小爷爷的事我了解得不多，亲身经历的倒是有一件。那就是逢年过节，小爷爷都要打电话问我爸爸什么时候去看姑奶奶（小爷爷的大姐）。因为姑奶奶极疼爱爸爸，每次爸爸去拜访她，她都会做一桌平常不舍得吃的好菜。小爷爷想蹭这顿饭。

小爷爷辈分高，礼尚往来是受礼的那个，他倒也给过我红包，但那都是小时候的事了。

小奶奶与小爷爷真是"不是一家人，不进一家门"。我爷爷病重回了老家，有一天突然想吃羊蝎子，谁知道羊蝎子刚煮上，他已经咽气了。在混乱中，小奶奶端起那盆羊蝎子，溜了。难为她一个跛子，竟能跑得那么快！

近两年小爷爷送起了外卖。听说他在马路上横冲直撞，反被人把手臂撞折了！旁人说起他，有唏嘘的，有冷笑的，也有恨铁不成钢的。妈妈说:"你小爷爷很精明,但不够智慧。"

小爷爷顶着家人的劝说,坚持继续干下去,他说:"好赖让俺干到退休。"

小爷爷李玉全二十啷当岁来到北京闯荡,六十来岁了依然没有北京市户口。他只有小学文化水平,高精尖的工作干不了;他右手残疾,太精细的活也干不了。他确实聪明,靠自学成才,当上了电工师傅。这一晃,就是四十年。

去年不知怎的,他突然送起了外卖。别说,还真叫他干出了些名堂!

小爷爷李玉全送外卖有两大优势。

首先,他够机灵。他多年在北京混,大街小巷都摸透了,不仅不用导航,还会抄导航里没有的近路!

他先接一个远单,再抢一堆顺路的单子。这样,他比一般人送的单都多。有时候,眼看着赶不及了,他也不会坐以待毙。"喂,俺是送外卖的,俺还有两分钟就到了!唉,对不住大兄弟!这车堵得,人都过不去!……是是,您瞧这大热天的,您就通融一下……"

小爷爷李玉全说话带着一点儿河北口音,爱用去声,不呛,反而显得憨厚。他是很会求人的。小时候穷,他还当过乞丐。因为这个,亲人常常觉得他小时候受苦了,想补偿他一二。他的客户也几乎都提前"确认收货"了。

小爷爷李玉全长得也讨人喜欢。他个子不高,脸颊红润,像个小土地神。姑奶奶叫他"小墩儿",爸爸喊他"墩儿叔"。

其次,他够大胆。他惯会逆行,闯红灯,横穿马路。他奔七十的人了,混迹在一群年轻鲜活的外卖小哥当中,依然是引领风骚的那一个!

有一次,他在长安街上逆行。第一个路口,交警喊了他一声,他理都没理。第二个路口,交警去拦他,没拦住!到了第三个路口,他才被拦住。

"你是干什么的?"

"俺是送外卖的。"

"你是在逆行,知不知道?"

"对不住,对不住,俺着忙哩,没注意……"

交警教育了他几句,看在他是个老人的分儿上,就放他走了。

可他依然逆行,闯红灯,横穿马路。

到了月底,业绩好、评分高的外卖骑手会有奖金。小爷爷李玉全的儿子都没得上,他却得上了。

俗话说得好:终日打雁,反被雁啄了眼。小爷爷李玉全送外卖生涯中的第一起事故,就是交通事故。

那是一个他要左拐的路口。他在自行车道的最前面,正蓄势待发。但是,他急,有人比他还急!他右侧的骑手恰比他早半秒启动,刚好把他"窝"住了。他没把持住平衡,向内一倒……

"嗡"的一声,他眼前一黑。

周围人叽叽喳喳的声音渐渐传入他的耳朵,听觉苏醒了,他不禁挣动了一下,疼痛像闪电划过,好像他的左半边身子碎在了地上一样。他睁开眼,眼前的一切还带着点儿"雪花"。他看到一只手伸到了他面前。

忽然,他想起了之前的一切。

那个人!让他赔!

小爷爷李玉全勾上路人的手,借力站了起来。路人不禁"呀"了一声。这个人的手——那种奇怪的触感——那是一个人的手吗?

他的右手只有拇指和食指是完整的。从中指的第二个关节到小指根这条线以上的全没了。他年轻时在乡下修电机,半只手被绞进去了。

已经有路人把他的车扶了起来。他跨上去,一抬左手——没抬起来!闪电一样的痛又一次划过他的左臂。他意识到了不对劲儿。

他左右望望,那人已经没影了。路人七嘴八舌地,也没说出所以然来。他使劲儿叹了口气,大声说:"没事!没事!"他用右手的两根指头把左手夹到车把上,骑了五公里,回家了。他挨了一晚,左臂肿得吓人。第二天早上,他的儿子看见了,连忙叫了出租车把他送到医院。医生一看,骨裂了。

李家人来看望他,都劝他别干了,有好言相劝的,有怒语相激的,有软磨硬泡的,可都不顶用。他说:"好赖让俺干到退休。"

李家人无奈,"您咋就这么倔呢!"

其实,这不是倔不倔、智慧不智慧的问题,根本原因是:

穷。烙在他灵魂里的贫穷印记让他一刻也不得喘息。

另外,他的大孙子出生了,他想多攒点儿钱。

小爷爷李玉全送外卖生涯中的第二起事故,没有什么人知道,但是这件事给他带来了很大的震动。

那是他孙子百日宴的前一天,他顺路去银行取了八千八百块钱放在了电动车后备箱里。从第一起事故之后,他骑车规矩多了。可眼跟前的钱,总不能叫它溜了不是?该快的时候还得快!

傍晚要收摊的时候,他看到一波合适的订单,忍不住就接了。谁想到走了一圈回来,钱没了!

晴、天、霹、雳!

他仔细地摸索了一遍后备箱,却一无所获。他又卸下后备箱的小锁,检查了一遍——完好无损。他木木地蹲到马路牙子上,心想:难道是被人偷了?可是怎么会有人偷一个外卖小老头儿的后备箱里的东西呢!况且他一定是上了锁的!

他觉得越来越热,头顶似乎都在冒白汽儿。他摘了瓜皮帽,重重地咳了两声,以遏制住鼻腔里漫出的酸气。

他盘算着,难道是那一单?那一单分量大,还散了一回,把钱混进去也有可能……那一单他把东西放到门口了,现在回去看看还来不来得及?……客户的电话号码是受保护的。就算能打通,钱恐怕也要不回来了……

热气渐渐散去,北风快把他吹透了,他不知道自己在打哆嗦。

突然"小苹果"的铃声打破了沉寂。

"……喂?"

"喂,请问是刚刚的外卖员吗?"

"啊,我是!"

"哦,您是不是把东西落我这儿了?还是一笔巨款呢!"

"是,是!是八千八吗?"

"我数数啊……"

小爷爷李玉全的巧舌如簧失效了,只剩下"谢谢、谢谢"。他在自己剧烈的心跳声中挂断了电话,使劲儿咳了一声。晚了,他的眼泪已经流了下来……

大年三十,爸爸开车载着我到了小爷爷家的那条胡同。胡同不算窄,但两边停的车几乎把路堵住了。爸爸强行往里开了一段,就听见有人在后面嚷嚷,"别再往前走哩!过不去哩!"我回头一看,只见小爷爷脸颊红红的骑着电动车过来了。看着他那大咧着的嘴,怕是吃了不少冷风。

爸爸把给他的年货卸了,两个人寒暄了起来。

"墩儿叔,吗时候打算退休呀?"

"退嘞退嘞,俺现在当保安哩。俺在那个中学看大门!……(转为北京普通话)珊珊啊,考高中了吧?你随小胖(我爸爸的乳名),脑子灵光,将来一定能考个好大学!你是我家运起(他孙子)的榜样!"

小奶奶也一瘸一拐地颠儿过来了。许是过年的缘故,矮小瘦巴的小奶奶看上去顺溜了许多,常年皱着的眉头也松开了。

冷气逼人，我们打算告辞了。小爷爷忽地朝小奶奶使了个眼色。"哎，先别着急往回走……"小奶奶的脸色忽地生动起来。她疾走两步，牵起我的手，低头把二百块钱塞进我掌心。"给小珊珊的，过年图个高兴！"

"不用不用……"我回头看看爸爸，发现他笑着点了点头。我这才谢过小爷爷和小奶奶。他们俩站到了一起，脸上带着如出一辙的热情笑容。——不只是热情，还有一点儿羞涩，一点儿矜持，一点儿骄傲。

我忽然意识到自己该重新认识一下小爷爷了。

指导教师：唐　洁

兵 马 俑

◎王一鸣

生与死，轮回不止。

两千多年前的工匠们早已化为一抔黄土，但讽刺的是，正是当时让他们失去生命、成为皇帝殉葬品的、被迫建造的陶俑们使他们获得了别样的新生——为检验质量而镌刻在陶俑身上的名字反而成就了生命的别样延续。兵马俑们便这样带着工匠们的生命和心血，恒久地伫立着。

当你注视展柜中的那个兵马俑时，你会惊奇地发现，这个本该庄严威仪的陶俑，正面带微笑地叉手而立着目视前方。这时候你的脑海中浮现的并不是"秦王扫六合"的威武霸气，而是一点儿悠闲自在：是中年人在想着和家中妻儿温存的时光，抑或是少年郎回忆里少女的浅笑嫣然。反正，从这样平静的笑容里，找不到丝毫的肃杀或愤怒或对上阵杀敌的跃跃欲试，仿佛是他反过来在参观吵闹的游客们。你会发现，在这样的注视中，在这样生动的笑容中，两千多年历史的距离竟泯然无存了。兵马俑便这样穿戴着他的头巾和战袍，在历史的长河中作为一个人而恒久地微笑着。

几乎所有人都说，兵马俑要是没有氧化掉色就好了，确实如此。红的头绳，花格子的腰带，紫的衬衫，今天都已经见不到了。不过我想，对于已经掉色的兵马俑，就不必费心思去上色了。这更像是某种注定——过于鲜艳的颜色无法承载如此厚重的意义。谁在看到这样的兵马俑时，也不会想到破败和凋零。这也更像是一种新生，浑然，厚重，土黄，不朽。这样的塑像会给人一种不同的感触，那是静态的美。我想青铜器也是如此。工匠们的双手烧出了兵马俑，而后，时间为它们褪去了浮华。它们就这样美美地、稳稳地立在地上，和大地联系在一起，也温和而沉默地注视着这大地上的人们。

但如果你从一号门的大厅走入，一切都会全然不同。敢死队，弩手，战车，骑兵，还有两翼的军队，进可以攻，退可以守，严整有序，无懈可击。在始皇帝的大军中，一切表情、装饰、情绪都不值一提，都在兵俑列阵的时候被残酷地忽视。这时，他们存在的唯一意义就是——守望。

士兵们面东而立，面对着的毫无疑问是那座山。那里有明珠制成的日月星辰，鲸脂点亮的长明灯，磁石做成的山川，水银做成的大河，还有这天下的主人，他们等待的秦始皇。这支无情的战争机器队伍永远等不到他们的始皇帝的归来，它们成了永远的守望者和等待者！

指导教师：房春草

忽　见

◎宋羽璇

　　我忽见一棵老树，那样高大苍劲，像是承接了二十余年的光阴，愈加亲切了。

　　我走在街上，这里的砖瓦都新了。游人络绎不绝，我跟随他们，像是仓皇而来的不速之客，举目皆是陌生的新房。这里曾是我的故乡，而那云水缭绕的小城如今已然面目全非。归来前我曾那样心潮激荡，可真正回到这里，脚下的路不再由坑坑洼洼的石板铺就，那澎湃的一腔心绪被突兀地收了口，如鲠在喉。

　　我近乎祈求地抬眼前望，试图寻找旧城留下的蛛丝马迹……没有，小巷落成了整齐的楼房，街那头没了王奶奶的烤肠，故乡的人们脱去洗得发白、散发着皂角香味的旧衣裳，换上革履、西装——那样标准的体面模样。

　　不是近乡情怯，确乎是物非人也非了。

　　转眼已近落日，记忆里如珍宝般璀璨如斯的小城黯淡下来，我漫无目的地走着，感到些许空寂，好像突然间没了归宿。

远处堆着好些人，走近了，发觉他们为之熙攘的是一棵许愿树，树枝上挂满了红绳木牌，聆听着世间纯粹的愿景。愿望真能成真吗？那让我再见一眼故乡可好？我注视着虔诚的人群，苦笑起来。

于是一阵风吹来了，许愿木牌在风中摇曳碰撞，像有人叩击厚重的木门发出的声响，我忽见木牌遮掩下老树的全貌，苍劲的虬枝一如梦中——儿时我曾无数次攀上那棵大树，眺望远方，与伙伴互诉对远方的美好想象……在无数个昏昏欲睡的午后，它与蝉鸣声相得益彰。

我仍记得，那时我们玩累了，便去对面的李叔那里买瓶汽水，再结伴跑回家。我转过头，那里是一家便利店，墙体洁白，风格现代，可在里头忙忙碌碌的白发身影是谁呢？我怔怔地望着，有些难以置信。我仍记得他总塞给我几块柜台上摆着的糖，乐呵呵地看着我们上下攀爬。我拂去脸上的湿意，快步向那里奔去，门开了，忽见一张熟悉的笑脸。

离开时，李叔又给我塞了几块糖，好像在他眼里我仍是那个爱吃糖的丫头，从未长大。我与小城之间隔着的经年的雾气终于消散了，游人离去，烟火气飘来，我仿佛闻见了烤肠的香味，一如那巷深吆喝长的旧时光。

从前我总疑心故乡的模样将只留在记忆中，可儿时的树仍默默聆听世人的愿望，李叔的店仍让人忘了远方。这座游客络绎不绝的小城，在黄昏和清晨掀开面纱的一角，让归来的游子忽然见到内里的柔软。

日出了，人在忙，我拎起行李箱去远方。

往后，也许江海余生，但小城依旧。

指导教师：张梦甜

反　转

◎宋羽璇

那天是个难得的艳阳天,老林早早起了床,已在旧收音机的吱呀婉唱中打了许久的太极拳。"老林!你儿子电话,说他加班,一会儿把孩子送来!"隔壁的王婆正隔着堵墙朝他喊着。老林对着院门不高不低地"哎"了一声,没再招呼她——王婆这人太热心,每次见面都张罗着帮他挑新手机。

老林不喜欢新科技,他总是怀念那些带着时光磨砺痕迹的、有性格的老物件,而如今那些机器太冰冷了,好像都能把人心冻僵。老林也并不很希望孙儿来家,那意味着他要陪孙儿出门,要亲眼看见那面目全非的旧街道……平日里他总待在自己的院子里,闭起眼睛装作一切都还是旧模样。

果不其然,孙儿又央求他出门。烈日高悬,老林不自主地眯了眼,走在空寂的街上。孙儿开心地东张西望,而他漫无目的地放空了思绪,忽然回忆起旧时这条热闹的街:那时有一棵大树,孩子们都爱上下攀爬,洒下一串欢声笑语;老人坐在树旁的石凳上,在夏日的蝉声中凝神下棋,一场一场。

只是后来树枯死了，几台巨大的机器围住、占据了它原先在的地方。失去大树遮蔽的石凳曝于酷暑艳阳，再没人光顾……好几年没下棋了啊，老林空茫地想着。

"爷爷，这里什么时候长了一棵树呀？是您之前说的爸爸爬过的那棵吗？"老林仍沉浸在思绪中，闻言，无意识地抬眼——"是啊，就是那……"等等，它不是死了吗？那些大机器呢？

他第一次正眼去看，树身上连着一根细管，弯弯绕绕，尽头是一个小小的精密仪器，源源不断地输送着养料。那树比先前萎靡了许多，枯死的枝叶被尽数砍去，格外零落，却意外地长出了几枝嫩绿的新芽。老林忽然发觉了自己的蒙昧，他总是认为新科技取代了旧时光，总是戴着有色眼镜，无力而徒劳地愤恨着，可怎么这些仪器原来竟在保护这棵树？

"老林！稀客呀！"远处传来老林熟悉的声音，他四下寻找，竟在一座新盖的大楼一楼的茶馆里瞥见了熟悉的面孔，几个从前的棋友坐在茶座里，正盈盈地望着他。"下棋吗？"他们熟稔地招呼他，于是老林顺着话音，瞧见了他们手上手机里那赫然而精美的象棋界面。

窗外阳光正好，满室沁凉，茶水氤氲的香气里，老林终于睁开了眼，看见了这个世界。像是新时代与旧时代已对立了许久，而在这一刻明朗的日光下，它们跨越时空，忽然和解。

老林没说话，只是后来央求王婆帮他买了手机，默不作声地接受了这份反转的观念，和自己、和世界释然相拥。

午后的阳光慵懒地照进茶馆的窗,没有惊扰到捧着手机笨拙而小心翼翼地下出一步棋的老林。

指导教师:张梦甜

夜空中最亮的星

◎蒋　琪

从富于春秋的翩翩少年意气到雪鬓霜鬟的秉烛之明，陈老已经在星空下行走了五十余载。

他1972年进天文台，兢兢业业地工作直至今日，数不尽的外出观测和不眠不休的研究使他的身体一日不如一日。十年前见到陈老时，他还是脊背挺得笔直的样子。他去世时虽风骨犹存，却因为身体的疼痛而佝偻了。但他临去世前说起天上的事，眼睛还是清亮的，眼神还是虔诚的。

最后一次观测

"真英雄何所遇？他遇到的是全身的伤痕，是孤单的长途以及愈来愈真切的渺小感。"

陈老最后一次野外观测是在2017年的11月份，天气状况不错，周围尽是大漠空旷的静谧，连沙子偶尔的翻动声也听得见。"快看，那是天狼星，是夜空中最亮的星，"陈老的话，低沉而厚重地响起，我顺着他手指的方向看去，一颗闪烁的星星映入眼底，"好久没有来野外观测了，也好久没有见过这样亮的星星了。"

远方，一片星光铺洒在大漠中，天空垂得很低很低，只有几棵植物孤零零地立在那里，越发显出夜空的广袤与灿烂。

"只有在广阔中行走过，才能知道人的渺小。是这么说的吧？"突然，陈老的学生看着天空，说了这样一句话。"陈老师就是见过太多的辽阔，所以在他心里，'自己'越来越小，于他来讲，他甚至不如能牵动星星的一粒沙子。当年我是他第一批学生，我们爬高山下谷地到处做项目，我现在都快一把老骨头了，跑不动了。他可不是这样，依着我看，那天才是他家哩，他就是颗星星……"他顿了顿，"我到他这儿第二年，外出时遇到了沙尘暴，迷路了，我现在还忘不了当时的害怕，总感觉自己要交待在那儿了，但陈老师不怕，他说：'现在是最好的观星时间，先做研究，再出沙漠，你要走就走，我反正要留下！'"

当年，潇洒而狂热的陈老在沙漠中行走，时而远眺戈壁边的红日，时而抬头仰望云雾缭绕的明月，他甩出的充满决绝的话倔强而笃定。他与同伴行走在沙丘上，影子被落日拖得很长很长。他大晚上的也不休息，着迷地看着天空，天空中一片灿烂。"我俩在沙漠里只能拔仙人掌的根系找点儿水，生啃叶子，他原来肾脏就不好，这么一来，病情更严重了。嘿，这老头子，出了沙漠临上救护车前，还嘱咐我好好整理数据，威胁我弄丢了找我算账哪……"

正想着这样的画面，陈老也从望远镜的世界中退了出来，"在絮叨什么呢？""给小学生讲你的光辉事迹呗。""我哪有光辉事迹啊！""沙漠里的那照片我还留着呢，你看看，脸色都是啥样了！"接过照片，里面的陈老却是意气风发地抬头看着夜空，眼神里映出星辉。

原来，陈老当真如星星一般，忍受不能忍受的痛苦，跋涉不堪跋涉的泥泞，负担不可负担的风雨，仍旧爱着那片天空。

只有他们懂的事

"星星发亮是为了让每一个人有一天都能找到属于自己的星星。"

春节，去陈老那里拜年——好不容易赶上一个冬天里他不去看天狼星的日子。敲开他家的门，我还在惊讶他家的门怎能如此破旧，大过年的也不刷个漆、贴副对联。环顾他家中的摆设——一张木书桌，一把铁皮凳子（一条腿儿已经没了，用一根木棍子支着），然后就是满屋的古书典籍文献。他获过许多奖，研究所的薪酬也不少，何至于如此清贫？在陈老的桌前坐下，听他娓娓道来这些天的研究发现，偶然瞥见用来垫着桌脚的一沓沓"下一代科学研究"捐款证书，答案已了然。再看看桌子上的相框，全是他与学生的合影，我翻看着，陈老慈爱的眼光投射在照片上。"我搞了大半辈子研究，自然希望我的学生们能继续做下去，"他说，"你也要好好学习，要是有什么想不通的，抬头看看天上的星星，也就想通了。"他抬头，看向蔚蓝的天空，眼中是不落的银河星系。

陈老常说自己只参透了星空的一点点，而我作为旁观者，或许也只参透了陈老的一点点。星空的事，他们的事，只有他

· 054 ·

们才能懂。

陈老已故去两年，再忆起他，只需抬头看看天空，便能看到他的笑容。他凝结成了一道光，成了夜空中最亮的星。他人生的信条也永远镌刻在历史的夜空之上：

对热爱的事终生报之热爱，直至自己成为那里的一部分。

就像陈老那样，成为夜空中最亮的星。

指导教师：张　倩

一朵花的开放

◎刘子宁

这单元的诗歌学习接近尾声的时候,我的脑海中一直在回荡着北岛《一束》中那句"你是呼吸,是床头,是陪伴星星的夜晚"。细细品来,一片静谧的星河、一隅温适的卧房和床边人的身影便漾在眼前了。我不禁感叹,原来不需油彩就可以带给人一片星空的浩瀚,原来不需眼见就能够感受爱的温暖,诗歌带来的惊艳,美得令人心颤。我也开始明白了,能够领略这一极富灵魂的韵律的艺术品的人,何其幸运。

品鉴一首诗歌,无须端坐在哪个高雅的座席上,持着无谓的优越感。你只要安静地立着,用那颗能够静下来欣赏的心,撷取文字的花蕾,静静想象着诗人所描述的一幅幅画面,想象着诗人提笔写下诗句时眼眸间倾泻的情感在你心底开放的声音。摩挲着那些细嫩的花瓣,阖眼时,带着那些芳香的余韵一遍遍默诵着诗中妙不可言的辞藻,听见它们字字句句敲在心上,颤动着每一根敏感的弦,直至回神时,它们依然如同心跳般在你的身体里鼓动、回响——这便是我感受到诗歌之美的一瞬间发生在我神经中的事。诗歌作为文学的一种,无疑带给我作为人类独有的、来自灵魂深处的对于美的共鸣与强烈的满足。长时间浸泡在诗歌的柔波中，对诗歌的兴趣也潜移默化地产生了，无须讲台上一句句严厉的呵斥，也无须深夜里苦心的钻研。诗歌是雨，是雾，是星云，只会温柔地引你入怀，从不欲拒还迎地推搡，折磨着让你坠入深渊。

我有摘抄句子与诗歌的习惯，时至今日，一共抄了三百七十句或绮丽或朴实的句子。它们躺在浅色的纸页上，也悄悄吐露芳馨，影响着我读诗、读文学作品时的心态。每次回过头来再读那些手抄的句子，我都会有不同的感受与感悟。试着去接纳它们，将句子和感悟一并收入囊中，当你尝试写诗时，便会有足够充实的内容清晰地表达出心之所想；当你再捧起一本诗集时，便会多收获一份易懂又美好的感情，与一份来源于你自己的欢喜和趣味。

我始终相信，眼睛到不了的地方，文字可以。那些能够将自己细腻的情思研磨成诗的人，他们的心意也需要用同等的诚意来共鸣。那份诚意，是端正的态度，也是足够真实的对于文字的心动。

"有了那一份心动，读诗，你是知音；倾吐，你就是诗人。"

指导教师：张　倩

出　壳

◎刘子赫

"凭什么随便答应别人去海边玩，还得我陪着！"我气哼哼地嘟囔着，打包好一摞作业，烦躁却无奈地跟在母亲身后……哼，耽误我写作业的"大好时光"。

"姐姐快看！是海，是海！"小可——爸妈朋友的小孩儿，在我面前跳着笑着。看着就眼晕！要我带一个小不点儿玩儿？门儿都没有！"好，真好，你乖乖在外面玩儿，姐姐就在帐篷里，有事找我哈。"没事别烦我，我愤愤地想着，"刺啦"一声，我拉开拉锁，在帐篷口磕掉鞋，码放齐整，整个人缩进帐篷，拉上拉锁，掏出作业……

拉锁开了，一束刺眼的阳光射在作业本上。

"姐姐你看。"

"贝壳啊。"

"对，大家都在捡贝壳，我也想要。"

"你不是有了吗？"

"可别人的会动！"

"你看错了吧？"

"没有，姐姐快出来！"小可那沾满沙粒的手一把抓住了我的胳膊，真是让我，唉，不容置喙。我决定出去洗洗胳膊。

我来到距离帐篷最近的小水洼前，用左手舀了些清水清洗胳膊。

"姐姐快快，就是那个！"小可指着水洼叫道。我抬头，顺着她手指的方向定睛一看，咦，在茫茫沙海中有个海螺在动，透过清澈的水，我毫不费力地拎起了那个家伙，原来是寄居蟹。

"哇！姐姐好棒，再逮两只好不好？"

"说好了，两只啊！"我把辫子往后一甩，却有点儿喜悦，开工！

啊哈！既然被看见了，就逃不出我的手掌心了！一只，两只，完成了任务，我却有些不舍。我抬头起身，感受到海风轻轻拂过，轻柔舒适的气息迎面而来，金灿灿的阳光栖身于舞动的水波上，化身为成千上万个小太阳。海是波光粼粼的，一闪，一闪。

我去寻小可的身影，看见小可正坐在沙滩上，手里捧着一个小水桶。我伸伸懒腰，在她旁边蹲下。阳光洒在身上，暖洋洋的，我的心里也投射进了阳光，嘴角微微上翘，我竟然有了种没抓够的感觉。

"姐姐你看，小佩在沙丘上休息呢。"

"谁？"

"小佩，我起的名字，就那个会动的贝壳。小佩起床了，来来，小佩，打个招呼。姐姐，你也跟它打个招呼。"

"哦，小佩好。"我不禁莞尔，虽然觉得自己有点儿傻里傻气。

"你知道吗，会动的贝壳叫寄居蟹哟。"

"具鸡蟹？"

"对，是一种螃蟹，呃，是寄居蟹。"

"聚居蟹？"

"寄居蟹。"

"寄鸡蟹？"

"是聚——鸡——蟹！"呃，貌似不太对呢……

"哈哈哈哈……"我俩愣了一下，都捧腹大笑起来。

"小佩出来了！"小可的叫声里含着笑意。嘿，可不是嘛！只见小佩从海螺壳里探出身子，大钳子固定住心仪的新房子——另一个稍大一圈的空螺壳，头探进去看了看，又退了回来。我忽然觉得自己这种躲在"壳"里不出来的状态挺像小佩的。

"咱们打个赌吧，我猜它不会从原来的壳里出来的。"

"不，它一定会出壳的！"小可说，"它准是看上这个豪华大别墅了。"

我们聊得正欢，只见小佩双钳一扶壳，左右瞄了两眼，便抛弃了旧屋，来了个移花接木，倒着身子钻进了新房，溜圆的小黑眼睛一转一转的，还把一对钳子护在了身前。

"哈，我猜对了！"小可高兴地直蹦跶，"具鸡蟹，具鸡蟹，哈哈，小佩你太棒了！"

"你成心是不是？寄——居——蟹！"

· 060 ·

耳畔是层层叠叠海浪的声音伴随着欢声笑语，我像小佩一样发现了新天地，一番试探后迈出"旧壳"，踏入那个此时此刻更适合自己的"豪华大别墅"。

这世界并不缺少美，只是缺少发现美的眼睛，缺少一份脱离原有思维模式束缚的"出壳"式的契机。作业不是生活的全部，还要观察世界，体验生活，这样才会快乐！我很感谢小可和小佩带给我"出壳"的契机，带给我阳光、沙滩、海浪，带给我一段无忧无虑、自在温馨的午后时光。

指导教师：张　倩

小桥流水人家

◎毛奕涵

"旅人匆匆地赶路,走四季访人家。"雨后,青石板上又冒出几点新绿,我踏在这样的石板路上,迎着阵阵花香,一幅隐藏在翠绿群山中的水墨画渐渐地在我眼前展开。

我沿着小路缓缓而行,田中的村民弯腰插禾,隔几步就有的风雨亭雕花各异,水牛三五成群地在草地上悠闲地吃着草,旁边的小河流水淙淙。船家从远处缓慢地划动着船桨徐徐而来,那河水中映出的景色被左右摆动的船桨搅碎,荡起一片片碧绿的水波。

村与山的缓坡上,一棵枝繁叶茂、葱茏苍翠的古树昂首云天,巍峨挺拔。它的枝干苍劲有力,缠满了岁月的皱纹,向我们展现着村落的悠长历史。在它的身后,重重叠叠的房屋错落有致,虽是黑与白,却不显单调。白色的墙体镶嵌着那雕花精致的木窗,与房檐上那瓦片顶端的石雕相得益彰。青砖小瓦马头墙,回廊挂落花格窗。这便是徽派建筑的美,墙头覆以飞翘的青瓦与两坡墙檐,白墙青瓦,明朗而雅素。屋旁的杏花开得正好,阳光穿过层层花瓣从缝隙中洒下,映在白墙之上。旅人便从这杏花疏影里匆匆走过。

　　这时下起了小雨，为这村落蒙上一层薄纱，倒真有些粉墙黛瓦的意境了。雨滴星星点点地打在河面上，漾起水花；落在花丛中，从花瓣上滚落。滴滴答答的雨水顺着瓦片从屋檐飞落下来，越过两旁的雕梁画栋，越过身旁的镂空浮花，形成雨帘，聚集在那小小的天井中。我站在弄堂中，仿佛与几百年前的人们身处同一片天空下，或许他们也是这般，抬一把雕花木椅坐在屋檐下，品一口清茶，观赏这别样的景致。

　　走出弄堂，路上旅人五颜六色的伞与路边的花似乎融在了一起，经过雨水冲刷，洗去了灰尘，变得格外明艳。一缕阳光冲破云的束缚，罩在了这片仙境之上，陶渊明心中的桃花源也不过如此吧。

　　雨停，我收起了伞，踩在湿漉漉的青石板上，闻着阵阵花香，走出了群山。

指导教师：宫睿哲

月落，日出，花还会开

◎李秋彤

姥姥、姥爷的感情很好，他们携手一生，是人们口中"白头偕老"的典范。

我在得知姥爷去世的消息后，急忙从学校跑到医院，气喘吁吁地用手扒上门框。我看到姥姥就坐在姥爷身旁，他们的双手就那样互相握着，两个人脸上的神情却都是让人意外的平静安宁。家里人都在病房里了，有的顾不上赶路一夜的劳顿，全部通红着眼圈无声地流泪。我走到姥爷床边，眼中也蓄起了厚厚的一层泪水……

"嘀……"心率检测器的警报声尖锐地划破寂静的病房，我的身边终于有人发出了一声抑制不住的哭泣，我也终于支持不住，捂着脸蹲在了地上。

周围开始骚动了起来，有人推动了病床，有人开始按铃叫护士，有人跑了出去，又拿了什么东西回来。所有的喧闹都透着一种失去亲人的伤痛与彷徨……

慌乱中，我被一只有力的手拉出了房间——是姥姥。

她径直领着我出了医院，回到了那个曾有着一切有关姥爷的回忆的房子。

月光铺了一院子，映得院中的石板、石墙、石桌似银似玉般地发着光。我和姥姥相对坐在石桌前。

"姥姥，你为什么不哭？"止住了眼泪，我问道。

"你啊，还小，光知道舍不得了。我告诉你，人从出生的那一天起，就是向死而生的，我们每多过一天，多见一天太阳，就是多赚了一天。生与死，不是一条线的两端，而是一个大圆圈的同一点……唉，我给你讲个故事吧，"姥姥没有等我回答就径自开始了，"一个小姑娘，还在上大学。有一天，她坐在长椅上看书，忽然，一个小伙子的声音响起：'哎，这本书我也看过！'他们就这样交流起来，相谈甚欢。"这是我第一次听姥姥讲她年轻时候的事，月光微斜，我专心地听起来。"有一次，小姑娘发烧了，可她一天都没见到小伙子，心里正委屈，就看见小伙子抱着两个从几十里外的集市上买的大西瓜汗淋淋地站在门口，而这只是因为小姑娘'想吃西瓜'那句话……再后来，披上嫁衣的那一刻，小姑娘突然意识到那次长椅谈话的意义——那是他们的初见，是他们缘分的开端……那时小伙子对她说：'你放心，等咱们富裕一些，我就带你去把所有的大山、大河都看一遍。'"月亮不知不觉地爬到了正当空。后来，三年困难时期，再后来，"文革"……他们几经辗转到了京城，小伙子就在这院子里种了棵玉兰树，说是玉兰花开得早，一开花便知道春天来了。他们经历了许多磨难，却从未放开过彼此的双手。

"你姥爷走得很安详，他是带着笑走的，他最后跟我说：

'大山大河，我带你看完了。'"月影西沉，朝阳初升，姥姥迎着第一缕朝阳冲我笑了笑，她眼角的一滴泪被映成了比黄金还灿烂的颜色。"月亮落了，太阳却会升起。"姥姥对着天边感叹了一句，然后起身，披上了漫天的朝霞。

如今，离姥爷去世已半载，一夜春风，忽地把庭院中那棵玉兰树给吹开了。姥姥轻轻地唤我："宝儿，快看，花开了……"

指导教师：宫睿哲

征服"时间"

◎侯诗怡

我把表给你,不是要让你记住时间,而是让你可以偶尔忘掉时间,不把心力全部用在征服时间上面。因为时间是征服不了的,他说。甚至根本没有人跟时间较量过。这个战场不过向人显示了他自己的愚蠢与失望,而胜利,也仅仅是哲人与傻子的一种幻想而已。

——威廉·福克纳

说实话,时间于我,确实是让我想要忘记的东西。考试前复习不完熬到半夜,抱怨时间的紧迫;初三毕业离开熟悉的同学和老师,慨叹时间流逝之快;被古文语法折磨时,无奈时间之漫长悠久。这如弹簧般收缩的时间,总体现出它"不合时宜"的特点。

其实所谓"时间"这个概念,本就是人自身规定的。有些科学家认为,其实时间本身就是一个四维空间,时间这个维度,就如 x、y、z 轴一般。时间轴本身可以说是一条直线,直线是向两方无限延伸的,时间也是无限延伸的。虽然我们一般说的"时间"起始于宇宙诞生,但时间这个维度,却不一定是由此为开端。看不到开端,就看不到它的本质。而向未来延伸的一方,则更加虚幻无解。时间就像是宇宙中地位最高的长者,不受任何事物的影响,一直一意孤行地走着自己的路。"人难胜天",而时间又是"天"中地位至高者,人怎能与之相斗?所以说,确实,没有人跟时间较量过,因为没有较量,便没有征服的过程。

可自古以来,关于时间的研究从未停止,"一寸光阴一寸金,寸金难买寸光阴""少壮不努力,老大徒伤悲"……哲学家研究时间,历史学家研究时间,政治家研究时间,甚至科学家也在研究时间。既然无法征服时间,那为何要研究时间?

"一件事物实现了,它的形象在那里,它的原因和目的也就在那里。种中有果,果中也有种,离开一棵植物无所谓种与果,离开种与果也无所谓一棵植物。比如说一幅画,有什么原因和目的?它现出一个新鲜完美的形象,这岂不就是它的生命、它的原因、它的目的?"

我想,这便是所谓"原因"与"目的"。站在此刻的一瞬,我只能看到或是以前或是未来的"无穷归宿"。可是换个角度,当这一个个一瞬拼接起来,时间便有了限度,有了跨度。这一段时间的"原因"与"目的",是我们已知的或者可以探究的。这就如我们无法探究宇宙的宽广,却可以从地球发射卫星到达月球。在此刻的十分钟前,我开始写这篇文章,原因是老师留的作业,目的是理解与感悟;每天早上迎着晨光醒来，原因是日升日落，目的是顺应天时变化；中国七十多年来的变化，原因是革命者的舍身奋斗，目的是国家强盛、人民幸福。中华五千年文明长河，原因是其中一位位伟人、一个个民众，目的是"天人合一、天下太平"。

由此，过去便不完全属于过去，未来也不完全属于未来。这刹那间的一瞬，也变得伟大、不朽。我们读《论语·乡党》，不只是站在现在看过去，更是站在过去，同孔子在那个礼崩乐坏的年代，探讨"礼"存在的意义。回头再看时间，猛然发觉，我们已经不再随着川流不息的时间流逝，而是穿越几千年回到了过去。正是这"原因"与"目的"的存在，让我们能够跨越一段有限的时间。这难道不是一种对于"时间"的"征服"吗？而我想，人们研究时间，便是在寻找能够更好地跨越、征服时间的方法。亦如人们发明飞机，是为了更快地移动；发明火箭，是为了到达更远的地方；研究时间，便是为了能在时间这一维度上更自由地穿梭。

虽然是"征服"，却不是对抗。其实时间也是慷慨的，它一意孤行，却也只是一意孤行。这样的"不变"是人们能穿梭其间的重要原因，也是重要的目的。"以古为镜，可以知兴替"，正是因为时间的不变，天地间的某些"永恒"才能留存下来，从而搭起古今未来的桥梁。天赋予人们探究时间的权利，人们于是勇于征服时间，这不正是顺应了天意？

威廉·福克纳说，这胜利，也仅仅是哲人与傻子的一种幻想而已。或许吧，毕竟时间是这么神奇、虚幻又伟大的东西，能获得一丝"幻想的胜利"对于人们足矣。

就让我们在这"幻想的胜利"中多沉沦一会儿,在时间赐予的恩惠中自我感动一会儿。和韩愈、苏轼等文人多聊会儿诗词雅赋;和孔子、老子多谈会儿人生哲理;和李大钊、毛主席多说说当今中国的强盛;和未来的某一天、某一个人在某一瞬相遇,谈起人们对这伟大的"时间"的"伟大征服"。

指导教师:唐 洁

手

◎乔卓承

我的手和我爸爸的手非常非常像。我妈妈说我们俩的手长得像鸭子的脚,大概意思就是我们的手掌从手心看是很长的,但是从手背看却很短。

我小的时候特别爱看他的手。它伸直的时候中指又长又紧,是面中有筋的感觉,好像手的主人非常坚定。当第二个指关节弯下来的时候,那些褶皱都不见了,平平整整地弯成直角。写字的时候,或者干活的时候,中指的第三个关节非常明显,手会因此显得有棱有角,是很好看的。手的指甲是很圆的,会比肉稍稍长出来一点儿。我爸爸爱吃橙子,没有刀时就用手吃。他上班后写字不多,中指上没有因为写字磨出来的硬茧。当然他的字写得远不如他的手好看,我最早学会写的就是他的签名。我还发现了他最爱用中指点屏幕。后来手机变成触屏的了,他还用中指点,虽然中指太粗,常常点不准。大概中指点是很有力的,我也学他用中指点,因为中指的指关节非常好看,点的时候可以顺便欣赏一下。他什么乐器都不会,但操作电脑还是很快的。他会用键盘代替鼠标的一切功能,不知道从哪里学到的，这种用法显得手也聪明人也聪明，不过我还不会。我倒是学会了那种左手抓住衣服的一角，右手抓住一边的中间就可以叠好衣服的方法，但学了很久。

他的手到现在一点儿都没有变老，还是很好看的。手心常是粉红的，特别是食指手指肚那里，又红又饱满。主人已经老了，手应该不是很甘心老去，但是也没有办法。它现在每天的主要职能就是拿着各种东西，比如手机、电视遥控器和筷子、碗什么的。原来还要拿一些很沉的东西，不过现在好多都改为肩膀扛了。反正他的手现在是很闲的，越闲就越懒。老爸买了那种夹在床头的手机支架，手现在一点儿多余的动作都没有了，就连开车的时候也是搭在方向盘最下面。爸爸怜惜手老了，所以也很惯着它。

我很少再注意爸爸的手了，我的手还是那么像他的手，只是我的手现在要带着它学来的这些东西一起嫌弃什么都不做的榜样了。手当然不会觉得有什么。

指导教师：杜　珂

猫

◎卢可安

一

黑暗会吞噬掉窗外醉汉的呼号、隔壁父亲的鼾声,甚至我平缓得近乎停滞的呼吸。可它偏偏忽视了——门吱吱扭扭地被推开了。

夜里很冷,尽管有羽绒被压在身上,空气中的寒气还是叫人忍不住打战。我把原先露在外面的胳膊伸进被子里。一定是妈妈来开电暖器了。如果我不乖乖盖好被子,她大概又要掖一番了。

可黑暗中迟迟不见人影,也没有脚步声,更没有一丝温暖的气流。我的身体僵硬地躺在床上,双手死死攥住被罩上的一角布料,双腿直挺挺地合并在一起,假装自己是一段木头。为什么不把头藏进被子?问得好。因为与被未知的东西攻击相比,我更惧怕自己不知道与它的距离。耳朵,必须保持通畅。

伪装终究是徒劳。我只要还在呼吸,就会散发热量。无论是什么推开了门,它都需要热,渴望热。

床的一角陷了下去，被子随即被难以估量的重量压紧。难以估量，因为它的速度是不慢的。很快，整个床都仿佛被它的重量所占据。

我闭上眼睛，任凭那个长满毛发的东西靠近我，用它湿滑的鼻子四处嗅闻。

它贴着我的头躺下。

猫为什么这么怕冷啊？

二

这周没有主题，随便写点儿。

一天清晨，我是被猫的抓挠声吵醒的，而闹钟早已响过。我下地去寻找它，接着我的吉他栽倒在地。我的猫正在琴后虎视眈眈地盯着什么。有只漆黑光亮的细长形虫子正趴在漆黑的琴包旁，它不算小，肚子微微隆起。

猫用爪子碰了碰虫子，又缩回到一边。我顿然萌生了三种想法：

一、和猫一起观察这只已然失去虫生自由的虫子；

二、安心地将虫子交给猫作它一整天的玩具；

三、教育猫不要随便碰不知名的虫子，并将虫子杀死。

一般人大概会直接跳至第三条，但本能却驱使我去实践了第一条。这对于一个快要迟到的人是十分异常的选择，或者说对于"人"本身就是异常的选择。我有点儿害怕，一半是因为虫子的行踪我无法估量，一半是因为这个决定仿佛是"不正确的"，只因为它是最回归自然的行为。

当我意识到时间不早了，我差一点儿——实践了第二条。当我的大脑与四肢还没有达成共识时，我的右手率先脱离了大脑对它任何形式上的控制，它抄起一只拖鞋狠狠地砸扁了虫子。猫在一旁悲伤地号叫。

虫子被砸得面目全非，它死了，被我杀死了，前一秒它的每个细胞还都在呼吸，下一秒它已毫无生气。它的腹中可能还有新的生命，但这无关紧要。和可爱的猫咪相比，它过于丑陋了，或许还携带着病菌，杀死它是完全可以被批准的。

六岁的我和毛毛虫玩得不亦乐乎，而十六岁的我会眼睛都不眨一下地伤害一只无辜的小虫。十年来我究竟丢掉了哪种本性？我也从来不愿承认人类是"高级动物"，但我想不出更好的解释了。

指导教师：丁戊辰

随　记

◎高凯垚

　　考了三天的试，终于在今天结束了，预想中如丢掉一颗巨石的如释重负感没有如期而至，却有一种异样感堵在胸中，好像嵌在胸中的巨石脱落了，而巨石所在的空间却无法用血、骨和肉填补，胸中留下了一个巨洞。

　　也许是因为周围的人还要备考一场我无须在意的考试，我受他们的感染吧。可就算考完了又怎样呢？一场考试的前方又会是另一场考试，列车的前方又会是另一座车站，舞台的前方又会是另一场戏剧，我已经在舞台之上。

　　"还是去散步散散心吧。"这样想着，我来到了操场上。放学后的操场有些寂寞，灰蒙蒙的，远处有一群或打篮球或踢足球的人，大多也打不起来真正的比赛，只是重复着传球与射门、投篮与抢球的游戏。

　　很快，我便意识到操场不是一个散步的去处，只有重复的景物，缺少值得一看的风景。虽然散着步并不一定会认真欣赏风景，但缺少了风景的散步，就像是处在背景音乐缺席的酒吧之中，令人更加提不起兴致。操场上跑步的人，要么听着音乐，要么关注着手机上的运动软件，像是主动去佐证我的想法——操场不适合散步。

从操场东边走到操场西边，我升起了一个念头，也许在这草地上躺下，吹吹风，看看天空也不赖，于是，我找了一片不影响他人又方便望见整个操场的地方坐下。头皮接触到草皮，并没有传来温暖、柔软的印象中草地该有的触感，塑胶草硬邦邦的，带着如被大日光灯直射般的令人燥热的温度。

草皮摸起来像是沾上了一层灰尘的木质家具，我抬起双臂又落下，一层塑胶粒随着被扬起，像一群小虫似的钻进我的领子与袖口。

远处跑步的人仍然跑着，大腿小腿交替着，但就像原地踏步，让人感觉好像身处另一个世界，永远不会跑到我的身边。打球的人也四散了，稀稀拉拉地向门口走去。

无趣。

我看看天，天上什么都没有。

飞鸟，飞机，哪怕云丝、云片都值得我注目，但我盯着天看了两分钟，仿佛在看灰蒙蒙的玻璃屋顶。

终于，一只鸟经过。那鸟如被什么人扔过去的一般，翅膀一动不动，从我眼前划过。

…………

回去吧。

忽然间，一团鲜艳的颜色掠过眼前，仔细一看，它有绿色的翅膀、红色的喙、白色的肚子、黑色的腿，是一只燕形风筝，如划破沉默一般划破灰色的天。

风筝如同一只好奇的小动物，东探一头，西甩一尾，左右灵动，上下翻飞，一会儿看看这边，一会儿又望望那边，忽然间又翻了个跟头。

我用双手撑着地坐起，目光探寻着那风筝线连着的人。找到了，是学校管理钥匙的老师。平日在校园中常见到他，却从没见过眼前的光景。他身穿粉色短袖工作衫、黑色运动裤，露出粗壮有力的双臂和双腿，肤色黑里透红，看上去十分健康，表情完全不同于平日，嘴唇紧闭，双目炯炯有神，给人一副十分专注、十分认真的印象。

观摩了他一段时间，我重新躺下，专注于欣赏风筝的演出。胸中的大洞仿佛被填补了少许，对他的好感油然而生。

十分钟过去了，忽然发生了意外，燕子像被束缚了羽翼，一动不动地直直地下落，直到离地只有十多米高，岌岌可危。那个老师在燕子下方紧张地操作着，紧锁着眉头，可燕子只在空中扑腾了几下，就像无意间撞进蛛网的猎物，做着拼死却无用的挣扎，最终无可挽回地直直下落，重重摔到地上。

那老师走到燕子跟前，默默地把它拾起。

我以为他会马上再次放飞燕子，他却用风筝线把燕子捆住、收起，提着它走了。

指导教师：丁戊辰

◇小 说

空　教　室

◎桑　誉

公元3017年，我——作为全人类中最著名的设计师之一，被推选参加一个世界级的设计比赛。这次比赛，决定着我在设计界的地位，因此，这次比赛，我只能赢。为此，从古籍到现当代建筑设计案例，我做了整整三个月的准备。我自觉已做了万全的准备，接着，便是漫长的等待。终于，比赛的时间到了。

然而比赛并没有像想象中那样，让你设计一间别致的公寓或诸如此类的东西，而是让我们设计一间教室。当我看向设计要求时，却发现只有一个要求，甚至，算不上一个要求——让你的设计完美。计时开始了。

我拿着空白的图纸，陷入沉思。究竟什么样的设计才能称得上"完美"？我最先想到的，是自然。我将整间教室利用光线与立体图像，装点成了千年前原始森林的样子。这我曾在历史博物馆的图像珍藏里见过，那一片生机盎然的绿，让人感到如在最轻柔的梦中一般。

我心情愉悦地设计着，马上就要完工了。我抬起头，仔细审视着我的"作品",突然想到:虽然这个主题可以表现保护环境的作用,但这个主题太寻常了,一点儿新意也没有。完美,应是由设计师最精密的大脑产生的前无古人、后无来者的设计。还好时间还充裕,我将房间清空,重新开始。

第二次设计,我采取了赛前我想用的设计方案,以存在了五千多年的中华文化为基础,在榫卯结构上运用了最新型的材料,避免了古建筑易燃易朽易潮湿的缺点。经过一番加工,便大功告成,它与我想象中的示意图一模一样。我在教室里走来走去,总觉得哪里不对,但又发现不了。我坐了一会儿,终于想到了。屋檐与建筑结构的问题,使得教室的采光很不好,虽然有一种传统文化中书香墨韵的感觉,但却给人一种压抑的感觉。这怎么能被称为完美呢?从头再来……

不知改变了多少次,从浅海港湾到池轩水榭,从山间溪涧到星宿满天,我尝试了几乎我能想到的所有风格,但是没有一个可以和完美这个词沾边。

"我放弃了!"我无力地坐在了地上。

清空了教室,四周一片灰白。不知是不是我倦了,反而觉得干干净净也挺好。

就这么一直坐着,不知过了多长时间,突然门开了,大批记者随着一群评委进来了,当他们看到空空如也的教室时,皆是一愣。我爬起来,刚想宣布我弃权的决定,评委却先我一步,说道:"你们看看,大师就是不一样,你们看这简练的颜色,这协调的布局……"他随后的话被淹没在一片叫好声中,无数闪光灯忽闪着。我站在教室中央,不知所措,说到一半的话语卡在喉咙里,半张着嘴,不知是怎样的表情。还好匆匆赶来的助手帮我解了围,送我出了房间。

当我反应过来时,我已站在领奖台上——第一名的位置。我曾日思夜想的位置,如今,同手中金灿灿的奖杯一般,有些不真实。台下,主席在赏析比赛作品,我看到了自己的作品———一片灰白,我的手紧紧地攥住了奖杯,嘴唇动了动,终于没有说出什么。

指导教师:张 伟

远行者才有故事

◎王钰琦

　　海明走出殡仪馆，凌晨宽阔的大街上只剩他一个人，萧瑟的秋风刮得他睁不开干涩的双眼，前方回家的路又将是一段艰难的跋涉。他手中捧着老伴儿小雅的骨灰盒，感觉格外沉重。就在几小时前，他用这双手颤抖着签了字，坚定地放弃了社会救助金的申领。

　　"我儿子有工作，是作家……不需要救助，谢谢。"玻璃窗后穿着整洁的工作制服的小姑娘颇感惊讶，把一张医院诊断书附在了申请表后面——那是他儿子海林的精神分裂诊断书。

　　海林五岁时，被小伙伴用针尖刺瞎了一只眼，那次意外对他幼小的身心造成了无尽的伤害。高三那年，海林因试图用刀砍伤同学被学校开除了，医院也给出了诊断书，是严重的精神分裂症。海明意识到，儿子在童年阴影的笼罩下早已和温馨美好的世界渐行渐远，而作为父亲的他却没能帮助孩子摆脱迷途。夫妻商议后决定，海明辞去派出所的工作在家陪伴儿子，小雅在城隅出版社的薪酬勉强能维持一家的生计。

　　那天中午，海明照旧按时做好了饭菜，轻手轻脚地端进屋中，海林突然说话了："爸，我要当作家。"儿子平静的声音让海明无比诧异，他痴痴地打量着儿子——小伙子的脊背挺得那么笔直，越发显得瘦骨嶙峋。就在那天早上，海明从一声轰响中惊醒，连忙冲向儿子的卧室，海林正举起已经断了一条腿的椅子狠命地向门口摔来，几乎砸中了父亲。是精神分裂所致的狂躁症又发作了。可是现在，海林正平静地看着父亲，方才语气中的坚定也写在那只忧郁的眼中。

之后的几个月里，海明依旧提心吊胆地观察着儿子。他看着瘦弱的儿子整日安静地坐在那张硕大的书桌前，时而背挺得笔直，时而匍匐下身体，桌面上堆起了厚厚的一沓又一沓的手稿，仿佛一座座参差错落陡峭险峻的小山。地面上经常扔满皱巴巴的废纸团，海明在收拾垃圾时悄悄地把它们逐个展开，从凌乱的断章中读着儿子所写的故事。故事中有一个远行者，夜幕笼罩荒野，繁星忽隐忽现，他迷失了方向，走过遥远的路途，却不知道要去往何处。海明望着儿子的背影，欣喜，又难过。写作是儿子唯一的出路，他从未希求儿子以此为生计，但他多么希望儿子能从中感受到活着的意义。

当海林告诉父母自己第一部小说即将创作完成时，两个人喜极而泣。小雅把儿子密密麻麻挤满小字的手稿带到了出版社，迫不及待地展示给同事。之前同事在她面前都小心翼翼地不敢提及孩子的话题。社长看了手稿很是惊异，建议他继续写下去，说将来可以考虑出版。之后，每当提起儿子的工作，他们都会自豪地说，自己的儿子是作家。海林更加沉浸于自己的故事世界，情绪状态稳定了一些，但精神依旧极度敏感，日常起居也仍需由父母照顾。

　　现在，老伴儿的突然去世让海明感到大厦倾覆，重负压在了他一个人身上。海明迟疑了一下，止住了脚步——家中的儿子看到母亲的骨灰盒大概又会情绪波动，或许又要把家中陈设砸个遍……

　　只因天还未亮，海明没有意识到街对面此时还站着一个人。对面的海林正用他忧郁的眼光注视着父亲单薄枯槁的身影。他突然意识到自己已经太久没有凝视这个真实世界的故事了，他笔下的远行者依然在路上，而眼前的父亲已经陪着他们走过了这么远的路途。

指导教师：郭林丽

真没想到

◎李祉凝

山沟中坐落着一个小镇,平时冷清,早先不过一二十户人家。

山里常年下雨,太阳是极少见的。原先,这里只有马车,人们来来往往,交通很不方便。有些人家连马都没有,只能骑着驴在街上来往。但后来,大部分人既没了马,也没了驴,他们的马和驴由于多年淋雨,患了病,并且愈加严重,后来几乎都不幸身亡了。于是,镇上的交通工具越来越匮乏,人们只得步行。

一个大雨瓢泼的早晨,镇里出现了一个奇怪的、陌生的、大小和马车差不多的、四轮滚动的怪物。大家刚开始有点儿害怕,因为那家伙的速度足以把人撞得粉碎。不过,后来,一个人从那怪物里走了出来,大家都颇为惊讶。毕竟是陌生人,人们都有所防备,没有人主动与他交流。最后,陌生人开口了:"请问这是哪里?""斯卡威镇,在赤道附近。"一个英俊潇洒的青年回答。由于这个青年喜爱蓝色,总是穿着蓝色的衣服,就连他家里的各种家具也都是蓝色的,所以大家都叫他小蓝。

"这里用的都是马车、驴车吗？"那位陌生人继续问。"是的。不过，你是从哪里来的？这又是什么？"青年边说边用疑惑的眼神看着陌生人旁边的那个怪物，心想："为什么自从这个陌生人从那个怪物上下来以后，那个怪物就一直一动不动？""我是从爱琴镇来的冒险家。这是一辆汽车，和你们的马车一样是交通工具。只是马车是用马力来驱动的，而汽车是用电力来驱动的。"陌生人的话解答了青年的困惑。

人们回想起"汽车"惊人的速度，便议论纷纷。大家虽然对"汽车"到底是什么仍不是很清楚，但依稀知道这是一个对他们极其有用的东西。还没等人们提出请求，陌生人就主动开口了："你们这里对交通工具的需求很紧急，我应该将这辆汽车留给你们，我想这对你们应该会有很大的帮助。而且爱琴镇离这里不远，我还可以再买一辆。"陌生人的话音刚落，许多村民便感激万千地拥上来，说了许多感激的话语，并送给陌生人一匹镇上最健壮的马，还给他准备了充足的粮食。由于陌生人急于赶路，村民们也没有过度挽留他。当天下午，陌生人给那位青年留了一张字条后，便匆匆离去了。陌生人走后，大家都议论纷纷，真没想到，这些村民这么幸运；真没想到，会遇上这样的一个人。

青年将字条展开给大家一起看，上面详细地写着汽车的驾驶方法，里面还夹着一张地图，标明了爱琴镇的位置。大家讨论过后，便决定由一个人驾驶汽车，每天赶往小镇的各个角落，将人们从这里运到那里，再从那里运到这里。这个任务毫无疑问地由这个青年来完成。

日复一日，青年人对山里的各条道路已无不知晓、无不熟悉。人们对他的驾驶技术也很放心。无论是白雪皑皑，还是电闪雷鸣，青年总能将人们安全地送达目的地。

人们佩服青年的驾驶技术，可对他也有不满。一是他性子太慢，无论你多么急，他总是慢悠悠地开车。尤其是风和日丽的天气，他一边漫不经心地开车，一边眼望蓝天，兴致高时还沙哑着嗓子唱两句山歌。人们催他快点儿，他却笑笑说："莫急，安全第一。"然后照旧慢慢地开。二是他把钱看得太重。不管男女老少，坐车都得掏钱，而且隔不了多久就涨价。之前收的钱倒也不多，只有五元，后来也不过十元。可是这些年简直是见风涨，由二十元涨到了三十元，最近竟涨到了五十元。人们心中不满，但要是远行的话，别无他法，只得坐车。

有一个老翁质问道："你单身一人，要那么多钱干吗？"

"怕是给结婚了之后攒着吧？"一个人应和道。

青年不生气，只是笑了笑。

无论人们怎么议论和不满，青年照样收钱。

不少人都曾望着无尽的山路感叹："要是每家每户都有一辆车多好啊！"

一个夏天的雨后，小河上空出现了一道美丽的彩虹。青年很兴奋，两眼一直望着彩虹，眼神中露出一种热切的期盼。彩虹散去，他才仿佛从梦中醒来，又怔怔地看着绵延万里的山脉。

第二天，青年消失了，并留下了一张字条，告诉大家他将很久之后才能回来，如果发生意外，或许就会与大家永久地告别了。人们看了字条后，不以为意，各自干各自的事去了。

十几年过去了，青年仍没回来，许多人早已将他忘却。一天，一个熟悉的面孔出现在了大家的面前，大家过了好一会儿才反应过来，这人正是二十年前的"陌生人"。可这个人这次到来时却两手空空。大家询问他来这里的目的，他回答后，受到了大家的热烈欢迎。他来这里是为了教大家如何制造汽车。人们当晚彻夜不眠，载歌载舞，真没想到，人们多年的梦想将要实现了。真没想到，世上有这样一个好人。

从第二天开始，他便一步一步详细认真地教大家如何制造汽车。这个过程持续了将近一年，人们终于制造出了村里的第二辆汽车。之后，人们制造汽车的技术越来越熟练，村里相继出现了许多汽车，交通也日益方便。突然，有一天，"陌生人"说起了他来这里的原因，"我并不是自愿来的，前几年，那个青年来到爱琴镇，他给了我一大笔钱，请求我来这里。但他在路上染上了传染病。我离开爱琴镇时，他还在医院里，不知道他现在如何了。"话音落下，周围一片寂静，人们回想起当年的那个青年，大滴大滴的泪珠从眼里涌出……

又是十几年的光阴，这个之前不起眼的小镇，现在已四通八达、繁荣昌盛。

一个夏天的一次暴雨后，小镇上空出现了一道很美的彩虹。有人说彩虹下有个沧桑衰老的人，面庞像极了那个青年。

但是,那个青年再也没有出现在小镇上。

当年的那辆汽车仍在街旁,但早已破旧不堪,而这个小镇却日益繁盛……

指导教师:向东佳

担　　当

◎李行健

　　灯光昏暗的地下赌场，偌大的空间里竟挤满了人，窸窸窣窣的交谈声像水面上轻微但又确确实实存在的涟漪，回荡在四周。若不是有重要的事要办，我必不会来这种地方，空气中的霉味对我的鼻子很不友好。今晚这里正在举行一场高规格的拍卖会，阿宁说让我来这里和他碰头。

　　"师兄你在这儿啊！"说话间便看到年轻的小伙子阿宁从人群中挤了过来，满脸高兴地坐到我旁边，"有阵子没见你了。"他搓了搓手，理了理头发，有些尴尬的样子，"最近怎么样？"我正思索一个合理的回答，人群突然安静了，那是黑色的沉默海洋。展示在台上的是两个亚克力盒子，里面装着两只巨大的昆虫。

　　"诸位，你们现在看到的是两件绝无仅有的拍品！"一个略带调侃的声音正大声说道，"这是世界上现存的唯一一对帕斯可犀金龟的活体！"人群开始骚动。"帕斯可要灭绝了啊。"阿宁在我身边叹了口气，"但比起帕斯可，还是先关注一下我们自己吧，MBM（Made by Machine）那边正式向我们下战书了,作为师父的大弟子你可得想个办法啊!"

我又能做什么呢?一个纯标本手作师是注定要被淘汰的,几乎所有人都认定MBM将会接管整个市场,那些流水线上批量生产的作品无论是价格还是精美程度都是人工所不能及的。协会的很多人已经转行,这次的比赛无非是MBM给我们加上的最后一根稻草。比赛的胜利对我们至关重要,作为师父大弟子的我深知这一点。"当务之急还是去请师父。"阿宁说。拍卖的价格已经涨到了一个天文数字。我起身告别阿宁,向外面走去。身后可以听到木槌敲下的声音。我想起了师父的身影,它给了我莫大的信念。他眼中有坚定的光,他是一个真正的匠人。

但身前这个邋遢的老头儿显然有些出人意料。他慢悠悠地从身后的早餐车底下拿出两罐啤酒,冲我举了举。我盯着他,没有说话,他便打开一罐直接倒进嘴里,许多啤酒随着那疏于修剪的胡子一并流下,最后在廉价的白色(大概吧)背心上留下深深浅浅的痕迹。老头儿嘟囔着,一边拿手去抹,一边打出了一个响亮的嗝。"师父?"我开口了,但声音听起来很轻,我感觉到了我的话语不受控制,"我是来请您……"我不知道怎么解释,我甚至不知道我该不该叫他师父。我沉默了。

"嘿,不就MBM那点儿事吗,管它做什么!"师父把一罐啤酒推到我面前,"咱师徒好不容易见个面,好好喝几杯。"我把啤酒推到一旁,盯着师父说:"这比赛要是不接受或者输了,我们标本手作师可就再也别想抬起头了,我们这个手艺也算是完了。"我试图从他脸上找到什么,但除了不明来历的污溃外一无所获，我只好继续说，"到时候，我也转行不干了，去人家厂里加热树脂去。"他耸了耸肩，做出一个无所谓的表情："也挺好的，干吗跟自己较劲儿？人家用树脂和铝箔做得比咱们真材实料做出来的还好看，我们拿什么跟他们比赛？不如像我这样找个小县城开个早餐铺。哎，说到这儿了，你明天不着急的话我给你做早餐吃，我近来摊煎饼的手艺有所进步……"他自言自语着，伸手来够我推开的那罐啤酒。"可是您教了我们所有人啊！您靠一己之力让这个行业发展壮大，您告诉我们什么是艺术和匠心……"一阵无助感向我袭来。他却在此时拉开了易拉罐："别提以前了，我现在就想好好过日子。我那些作品也都卖了……""卖了？！卖了干什么了？"他突然不说话了。"卖了买你这些啤酒和早餐车吗？"愤怒控制了我，是因为失望还是什么。师父不说话，脸有点儿红，不知道是因为酒还是什么。"你不是我的师父。"话一出口，我似乎感觉有点儿言重了，但我管不了这么多了，起身走进了夜色中。师父一个人坐在路灯下没动。

离比赛还有两天时，阿宁突然告诉我，说师父要参加比赛。我一愣，想到前几天对他的斥责，有些惭愧。让一个年过六旬的老人来参加比赛，真是难为他了。比赛的当天，我没能与师父见面，只能从电视的转播画面中看到他的背影。比赛内容很简单，双方各自用自己的方式制作一个作品，并由专业的评委进行评价。MBM的人在一堆机器旁操作着，师父则在工作台上来回忙碌。比赛进行了六个小时，我全程看着直播，师父的身影与从前并无两样，但略显疲惫。比赛结束时，他呆呆地看着自己的作品，很久没动。

MBM制作的是一个南洋大兜虫与苏门答腊巨扁搏斗的场面，用的是树脂、合金和一些特殊材料，栩栩如生，得到了评委们很高的评价。我们都有些紧张，这个水准不是我们中任何一个人能达到的。

但当师父的作品呈现出来时，所有人都震惊了。我更是惊讶得说不出话，那是一公一母两只甲虫，在两根树枝上隔空对望。而这两只甲虫，正是一周前的拍卖会上所卖出的帕斯可犀金龟。这一周的时间是远不足以让它们交配并产卵的。换句话说，随着这件作品的完成，帕斯可在世界上彻底灭绝了，这对望成了永恒，这作品便成了绝世之作。

从那以后，师父消失了。手作标本重新开拓出了生存空间——其中的灵魂和诚意是工业化制作所不具有的。但我却始终无法忘却师父的选择，为了一件作品，他牺牲的是一个物种。业内外对他颇有微词，我也无法忽视。

直到多年之后，在病床前，我再一次见到师父。他在弥留之际交给我几个低温保存的小玻璃试管。那是当年他在处理帕斯可母虫尸体时保留的受精卵。"巴西的雨林在逐年扩大了。"他看着窗外，"替我完成我没能做到的事情吧。"

那天，我坐在窗边，看着绚烂的晚霞，似乎能看到他的身影伫立在天地间。

指导教师：宫睿哲

一 天

◎刘树霖

阿丙刚从下水道里钻出来，就感到太阳火辣辣地照在身上。他眯起眼睛，咒骂道："该死的好天气。"

阿丙是个有计划的人，虽然还没睡醒就被看下水道的人赶了出来，但慌忙中他随身的物件一个也没少拿。他一只手拎着一个麻袋，另一只手拿着一个矿泉水瓶，脖子上搭着一块抹布似的毛巾，穿着灰体恤和已经看不出原来颜色的牛仔裤。虽在睡梦的混沌之中，但他还记得拍一拍裤兜，那几张硬硬的还在。

在街上的水龙头处接了一瓶水后，阿丙把头伸到水流下面，冰冷的水激得他打了个寒战。胡乱洗了几把脸，他清醒过来，今天是周二——每个周二都是阿丙的大日子。在这一天，为了保护好运，阿丙是连狗都不打的。

正是八月的酷暑，街上少有行人。阿丙抖擞精神，开始了一天的工作。

他把手伸进垃圾箱，摸索了一会儿，掏出了三个瓶子，扔进麻袋里，又把手伸进去摸了一回，竟已没了……阿丙直起身来喝了口水，一上午的游逛让他有些累了，衣服湿了又干，干了又湿，粘在身上，可是他掂了掂袋子，还不到一半。晦气，阿丙想要骂，又想到今天是大日子，便只是狠狠地踹了一脚垃圾箱。

正午刺眼的阳光从头顶上洒下，阿丙饿了——为了省钱，他向来不吃早饭的。阿丙是有计划的人，他想，是时候去菜市场了。菜市场离此处不远，除了卖菜，还有许多小店，阿丙平时都在那里吃饭，虽不太卫生，但价格低廉，两三块钱就能填饱肚子。

阿丙常去买彩票的店就在那里。阿丙吃完饭赶去时，里面已经站了些人，都是些熟面孔。人们看到他，大都以轻蔑的一瞥致以问候，有的人还在他走进屋时捂着鼻子退开了一步，或是趁机踩上一脚。阿丙似是浑不在意，从兜里摸出几张彩票，心里暗暗地想，这次我定要中了大奖，你们都得弯下腰对我恭恭敬敬的。

阿丙不是一般的拾荒人，虽然如今落魄，但祖上据说是很阔气的，后来生了变故，后人无能，家才败了。阿丙深信之，并常不屑又惋惜地想，若当时他在，有那一大笔钱和他的买彩票方法，何愁发不了财？阿丙自信能靠买彩票致富，这个想法是颇有传承的，他的父亲还在的时候，每星期都买二十注彩票，风雨无阻。他也相信阿丙能中大奖。阿丙自信的是他的买彩票妙方法——糅合了阴阳五行、生辰八字和他仅有的两年学校经历学得的知识。他父亲则相信城里神婆的卦——神婆解之曰潜龙在渊，是上吉之卦。他父亲知道这意味着他能中大奖，可自己至死没中,他憬悟了,那神婆的意思是他儿子必定能中。阿丙也深以为然。

所以阿丙总是对中奖怀着不一般的希望,这次亦然。快开奖了,有人开始对着一旁的观音像双手合十,做虔诚祈祷状。阿丙不屑与之为伍,他前日刚在东街的庙烧了香,大大小小的神早都拜过了。

电视里传出了主持人的声音:"双色球今日开奖,幸运号码有……"阿丙认真地听着,周围也一片安静,只有做笔记的沙沙声。"最后一个,×××号。恭喜以上中奖观众,请在××日前前往附近代理处兑现……"阿丙捻着那几张随身放着变得皱巴的彩票,失望和黯然席卷了他。

旁边有人中了一千块钱,喜形于色,人们簇拥过去,大声笑着,恭维着那人,那人便得意地大声谈起自己的经验。阿丙看着那人涨得通红的面孔,觉得他可恶至极,他愤怒了,把已经没用的彩票撕成雪花状,散落在地上,瞪了一眼簇拥着的人,拎起袋子大步走出门去,小声骂道:"你们都是什么东西,等我中了奖……"是了,阿丙想起来,他可是要中大奖的人,到那时,一千块钱算什么!于是他倏地从黯淡中解脱出来,他可是要中大奖的!阿丙又充满了自信和希望。

阳光没那么刺眼了,但天气仍很闷热。阿丙想,该往回走了。他是有计划的人,知道回收站、菜市场和下水道是一个三角形,自然该走另一条路回去。下午的工作同样辛苦,他要装满这个袋子回收站才收的。在路上,他看到垃圾箱下面趴着一条狗,正打着盹儿,便上前踹了它一脚,喝道:"爷爷都在忙

· 096 ·

着,你这畜生竟敢在这儿挡道。"他又想,这一脚就算报它平日里追着他叫的仇了。踹完狗,他畅快了许多,连狗在他身后的狂吠都不在意了。

如此一下午,他堪堪捡满了一袋子,在回收站关门之前赶到了。这一袋子的塑料大约可以换十块钱,这便是他一天的收入了。阿丙是个有计划的人,之后他先要去吃饭,再花三块钱到下水道住一宿。剩下的钱虽少,但还可供他中午买一两张两块一注的彩票。他拖着袋子走进回收站,迎面走出来一个拖着板车的中年男人。这是小乙,是在附近的拾荒人里响当当的一号人物,平日拖着板车在商业街和菜市场收废纸箱。这是阿丙羡慕的工作,有稳定的收入,并且不用在街上游逛,少受许多风吹日晒。

阿丙打了个招呼:"乙哥。"只见小乙放下板车径直走过来,揪住阿丙的衣襟。这一幕有些可笑,小乙矮了阿丙半个头,像是小孩儿要对大人动手。"老甲告诉我你昨天卖了纸箱,我问你,纸箱从哪里来的?"阿丙昨天确实拾到了些纸箱,就在回收站不远处,他以为是无主之物,便拿去多卖了三四块钱,以为是自己好运的开始。"你还有理了!我掉的纸箱,也不是你能捡的!你说说,拿什么补偿我?"

阿丙惶恐了,摸摸兜里,只有几张彩票和几毛钱,但彩票是不能与人的。"几毛钱!你打发叫花子呢!"说着小乙扇了他一巴掌,伸手来夺他的袋子,阿丙象征性地挣扎了一下,袋子就被抢走了。小乙打开看了看,"你一天才捡了这么点儿?罢了,这回我饶过你,再有下次就没这简单了。你走吧。"

阿丙看着小乙拖着他的袋子的背影，第一次对向来敬重的"乙哥"生出了恨意，可这也只能怪他自己做不了收纸箱的差事。不过摸一摸兜里硬硬的几张彩票，他仍燃起了希望。人之为人，就在希望二字，阿丙想，下次他就会中奖了吧，一定是下次。至于现在，他没有钱吃饭，也去不了下水道了，或许还可以在桥洞下凑合一宿，虽潮湿闷热了些，但至少没有风，在这种天气里也是个好去处。

阿丙看着城市里苍茫的夜色，向着远处的几点灯光走去。

指导教师：汤　莉

小　　丑

◎冯若涵

他是一个一辈子都住在马戏团里的小丑。

在狭小的没有窗户的阁楼里，角落中的老鼠看着他将厚重的刺鼻的油彩一层层往脸上叠加。嘴角要开到咬肌，鲜艳的红色滴滴答答；发干的粉面被道道皱纹割开，盖过胡子茬儿，又嵌进饱经风霜的沟壑深渊之中；被调成沥青般的黑色油彩顺着紧闭的眼睑滴下，末端又被小心翼翼地勾出月亮和眼泪的图案。

睁眼是星辰，闭眼是人间。

他自打记事起就在这个马戏团里，一直到照顾他的老小丑死去，他也就顺理成章地接替了小丑的角色成为现在的模样。他什么都需要去做，又什么也换不回来，好在生活掺杂着麻木被烧成了酒，冲进他早已发僵的细胞里，被调成独有的止痛剂，筑成了高高的免疫墙，所有的讽刺嘲笑全被隔在门外。他日复一日地活着，没有很快乐，也没有很悲伤。

"出来！收钱了！"阁楼的木门被一脚踢开，老板肥硕的身影堵在门口，门外的光争先恐后地涌了进来，迫不及待地照亮空气中像海浪一样被卷起的灰尘。老鼠四下逃窜，躲进肮脏的破布、烂铁中，他无言地听着身后老板的漫骂声，合上颜料盒，起身，上台。

毫不意外，场下的观众早已走空，留下来的是一地狼藉。小丑的演出总是被安排在最后一个，毕竟缺少惊喜的表演，没有观众也是常态，他倒也乐得清闲。像往常一样，他蹲在地上捡拾着观众扔上台的钞票和硬币，听着老板在一旁发牢骚，时不时还得挨几下老板手杖打在脊梁骨上的疼痛。

"你个赔钱货！我养你在我这里几十年了，一分钱没多挣！"一下。

"你什么态度？老子给你口饭吃，不让你出去要饭，你就应该对我感恩戴德了！"又一下……

老板冲他撒完了气后就拿着钱走了，回头也忘不了啐小丑一口。小丑也没管那么多，只是觉得胸腔里发慌地疼。要是平时，挨几下打对他来说算不了什么，可是最近几天降温了，他每天起床手脚都是冰凉的。

突然，小丑听到背后响起了几下清脆的掌声，像几朵烟花刺破了宁静的夜空。他被这突兀的声响吓了一个趔趄，慌忙向后看去，这才发现观众席上还坐着一个捧着玫瑰花束的小女孩儿。小女孩儿看到了他错愕惊恐的神情，以为这也是节目中的一部分，又开始鼓起了掌。

小丑皱着眉不耐烦地向小女孩儿摆了摆手，冲她做了个鬼脸，示意演出已经结束了。他只觉得浑身火辣辣地疼着，下一秒就要散架了一样。他用眼睛的余光看见小女孩儿小跑着奔向台前，胡乱地从玫瑰花束中揪下一把花瓣撒在小丑的脚边。他这才看清不过六七岁的小女孩儿露着脚趾的布鞋和沾满尘土的面颊。

"这是我第一次看马戏，但是我因为卖花，记错了时间，所以刚来，感谢你为我表演，可是我没有钱了，我只有这个。"

小丑看着小女孩儿消失在出口的背影愣了很久，才慢慢捡起地上散落的花瓣摊开在手心。他不知道收过多少散落在地的钱币和玩偶，可这纯净的活泼的鲜花和掌声才是真正意义上属于他自己的，这是老小丑死去之后他第一次光明正大地拥有属于他自己的东西。

小丑佝偻着走回阁楼，将桌面上玻璃杯里插着的麦穗拔出，小心翼翼地把鲜红的玫瑰花瓣铺在里面。

一定是脸上的油彩裹得太重，软化了砖瓦，变得脆弱的免疫墙顷刻崩塌。他都没发现自己淌下了几滴泪水。

夜里，他躺在草垛里做了一个梦，梦见老小丑牵着他走在大街上，他们买走了小女孩儿手里所有的鲜花送给穷人，他只觉得自己开心得像是要死过去了一般，四周都是冷冰冰的，可是他却汗流浃背地粗重地喘息着。可是他又看见第一次被马戏团老板画上小丑面具的自己拼命躲藏着打在自己身上的光，小朋友指着他的鼻子笑着，观众席里扔来了烂菜叶、臭鸡蛋，还有一个声音在拼命地叫他过来……

第二天清晨，人们在阁楼里发现了小丑的尸体，桌上摆着的玫瑰花瓣红得刺眼，就像小丑嘴边咳出的鲜血一般。

指导教师：房春草

手机（一）

◎孟明轩

凌晨，弗恩·阿迪科特的手机去世了。

他悲伤至极，捧着他的"一生之伴"痛哭到了天亮。

弗恩上一次哭得这么伤心，是最后一次与父母吵架的时候。他毕了业，没有去找工作，而是整天在家抱着手机享受蜜月时光。他的父母命令他要么出去找个工作，要么出去找个女人，而弗恩却坚持认为他能与手机共度一生。

"你简直是疯了！"他的父亲呵斥道。

"你们才是疯了！"弗恩回击道。

就这样，他的父母气愤地搬离了房子，弗恩也为自己的手机没有得到应有的尊重而泪流满面。他们至今已经有多久没有消息他自己也不知道，他的手机或许能更清楚地解答这个问题——如果他还活着的话。

失去了手机的弗恩仿佛失去了一切。他侧躺在床上，抱着膝盖，蜷缩成方形，任凭快要流干的泪给胸前的手机做着最后的洗礼。

"天啊，"他想，"我失去了一位多么真挚的朋友！我们一起度过了那么美好的时光,他给我带来了那么多的欢乐。我一定得好好埋了他。况且没有人有理由在自己最重要的朋友死后,不去为他举办一场风光的葬礼。假如被人知道我没有这样做,我一定会被所有人唾弃。"

他来到了棺材店。

店员看到他走进来,不由自主地咧开嘴笑了:"弗恩·阿迪科特,哦,我的伙计,什么风把你给吹来了?你的手机怎么不在手上?他跟别人私奔了吗?"

店员的笑声使弗恩愈加痛苦。"请不要这么说,"他请求道,"我的手机去世了,就在今天早上,我们再也无法一起享受快乐了——你能给我一具他的棺材吗?"说着,他从黑色夹克的深层内兜里把手机安详地捧了出来。

店员乐得更开心了,"朋友,没有人会给自己的手机买一具棺材,世上也没有这种东西!"

"有的,"弗恩坚决地说,"一定有的。我用我的手机打游戏、看电影、读小说、听音乐,他带给了我无比丰富的生活,他组成了我生活的一切!他理应在死后得到一具上好的棺材,你能说他不配吗?"

"别开玩笑了,兄弟。"店员被他的无理取闹惹得有些不耐烦,"你再怎么说我也没有给手机的棺材,他只是个工具而已。你反倒要看看你自己活成了什么样子,除了手机还是手机,你都快活成一部手机了!"

弗恩感觉自己的手机被冒犯了,于是重新把他安置进兜,转身大步踏出了店门。

"哼，就算没有棺材我也能把你安葬得很好。"在回家的路上他想。

他用铲子在院子里的大树下挖了个小坑，又一次小心翼翼地把手机捧在眼前。

"这下我们要彻底告别了，"他想，"前一天我们还在愉快地生活，没想到那就是我们最后一面——没有你我真的不知道该怎么活——很抱歉没有把你埋得很好，希望你能原谅。"

盖上最后一抔土，弗恩躺回了自己的床上，抱着膝盖，蜷缩成方形。正如他所想的，没了手机他真的不知道该怎么活：除了手机里光鲜亮丽的内容，他对生活中的任何一件事物都提不起兴趣，才过了一个钟头，他就烦躁难耐，疯了似的跑下楼，用手指硬生生地把手机刨了出来，抱着它跑回了床上。

他侧躺在床上，把手机围在怀中，抱着膝盖，蜷缩成方形，越缩越紧，越缩越紧，直到手臂和小腿无法分开，直到他方得不能再方……

弗恩·阿迪科特变成了一部手机！

指导教师：许姗姗

手机（二）

◎蒋 琪

一

雷恩从床上睁开眼睛的时候，阳光已经透过紧闭的灰色窗帘打在水泥墙壁上了，"噢？今天出太阳了。"他还不怎么清醒，只想拉上被子把自己埋在里面，他偏爱小的东西、小的物件、小的地方。因此，他买了一个小小的手机。

他还是决定爬起来去散散步，虽然他本来打算用这个假期在家里睡个天昏地暗，但这么个大晴天很难得，他套上一直没机会穿的休闲装，蹬上一双运动鞋，抓起钥匙、手机，慢悠悠地溜达着出了家门。

雷恩在公园的小路上漫步，阳光灿烂，空气中有青草的香味，"一切都是假期该有的样子啊！"手机上有一则社区新闻，他正要点开，一条通体雪白的大狗冲他跑过来，那狗真是大得吓人，雷恩下意识地就要躲开，可是身体的动作快不过狗，他的手机被狗撞在地上，手机摔成了碎片，"你这畜生！"狗早就跑远了，他慌忙把手机收集起来，"行吧，反正我今儿也有时间。"他在公园的石桌旁边坐下,手机碎片上还是那则新闻,所有字散落在碎片上了,"拼好了,让我来看看究竟发生了什么事!"雷恩回想着手机原本的样子一块块地拼起来,这可是个费工夫的活儿,得一点儿一点儿地辨认出它原来在哪儿,还得小心翼翼地往框架里放碎块,顺序错了也不行。他大概花了两个小时,不,三个小时吧,才把手机重新拼好。他捶捶自己发酸的腰,甩甩自己举疼了的胳膊,揉揉因为太过聚精会神而出现了好几个太阳的眼睛,"好家伙,真够累的!"他已经从上到下把那个新闻看了个遍,起因、经过、结果他知道得一清二楚。这事儿就发生在他隔壁,老太太因为老头儿买错了灯泡,闹了一通,最后叫来了警察,没什么大不了的。雷恩为自己居然为了这么无聊的事情浪费了三个小时的假期感到懊悔。明天不能做吗?

二

假期结束时,雷恩得回公司上班了,值得高兴的是,他的主管离职了,因此他被提拔到了代理主管的位置,是跨国公司的主管,他高兴得都快要疯了。他搬到了主管的办公室里,很宽敞,他透过二十八层的全景玻璃窗,俯瞰着这座城市,心里虽然有点儿害怕,但喜悦最终覆盖了紧张。他张开手臂,想慢慢感受一下,突然手机铃声响了起来,他被吓了一跳,撞到了旁边的小几,手机掉了下来,哦,好像是城市动态的一则通知,他正准备点开好好看看,突然有一个人推门进来了,他一下子后退了几步,手机的几块碎片被踩成了粉末,原来是戴风——一个胖子,他憨憨地挠了挠头,叫雷恩开会。

送走了胖子,雷恩想发怒,但还是忍了,他收起手机的碎片,看着那些粉末,"算了,不管这些也没什么问题吧?"——他甚至有些庆幸可以少拼几块了。城市的通知不得不看,他不得已把碎片捡起来,揣进兜里,带到了会议室。

雷恩既忐忑又兴奋,他比原来开会的座位靠前了一个。他掏出手机碎片,开始慢慢拼凑起来,会议一开始,他尚且能一边找出碎片的位置,一边默默记住会议的内容,到了后面,他就跟不上领导的语速了,不,其实是他太专注于拼凑了。这事儿很费神,大家都知道,把一个碎了的东西拼起来,总是需要大量的精神和时间的。拼好了,原来是宵禁通知,过程无非就是经过了政府的考察和一系列会议才决定的,至于原因嘛,大约已经变成粉末了吧!

"雷恩,你在干什么呢?""……我的手机碎了,先生。""你这种工作态度怎么能胜任主管呢?你升主管的事情,我还需要再考察考察!"

雷恩走出会议室时,头低得很低,他懊悔得要命,为什么要把时间花在那则通知上呢?"为了拼凑一个无谓的宵禁通知,你离主管的位置远了一步,不,有可能是好几步呢。你真是一个蠢货,雷恩,快点儿赶上来吧!"雷恩看不到所有人的眼神,但他敢保证,所有人都是这么认为的,他们用他们的眼神催促着他。他回到了办公室,他深吸一口气,看着这宽大的屋子,说道:"我一定会真正拥有你的!"

三

雷恩急匆匆地奔跑在街道上,他就要迟到了。好不容易上了公交车,一个壮汉急匆匆地挤了过来,"大块头就是好啊!"雷恩想。但是当他的手机被那个人撞在地上以后,他就只顾着捡碎片了,"可恶,为什么手机这么小啊!"他正看着公司的改革呢。公交车急停,手机碎片也随着四散开去。雷恩看了看周围的人,"算了,没什么大不了的。"他想着要不要让别人帮忙捡一下,又一想,"谁不是急匆匆赶着上班的呢,算了……"他重新把眼睛放回到捡起来的几块碎片拼好的屏幕上,只有一句话:"大多数股东都站到了塞斯纳先生那边,只有少数人赞成艾伦沃克……"足够了。

紧赶慢赶,没有迟到,雷恩照常去上司塞斯纳的办公室里述职,他想给领导留个好印象,那总得恭维一下他,"依我看,艾伦沃克完完全全是个蠢货,他的那一套简直就是胡闹,还是塞斯纳先生高啊!"他竖了个大拇指。

忽然,他觉得领导的脸色不太对,他的目光直直地盯着门口,他猛一转头,是艾伦沃克!他怎么会在这里!

"我是个蠢货?"

"没有没有,艾伦沃克先生,我绝无此意。"他想起刚才对塞斯纳竖起的大拇指,连忙将手倒了过来,哎呀,这样更不对。

可怜的雷恩,他的身体反应还是跟不上艾伦沃克先生脸色的变化。

"这位先生,我很高兴地通知您,您可以有一个漫长的假期去修您的手机了。"艾伦沃克指了指雷恩只剩下一半的手机。

指导教师:丁戊辰

纸 （一）

◎马泽玉

这是一个美好的上午，阳光明媚，蓝天白云，略带秋意的风吹得人们很舒爽。小莲像往常一样，捧着一杯热气腾腾的咖啡走进办公室。

她几乎每天都是最早到的。她的办公室不大，一共就四个人，小莲，小莲旁边的明辉，明辉对面的阿宋和小莲对面的梅姐。四张桌子并在一起，一眼望去，最整齐的桌子便是小莲的。她有一点儿强迫症，东西摆得不齐自己看着就难受，再加上爱动手勤收拾，她的桌子上永远看着赏心悦目——等等，那是什么？

小莲一改慢悠悠的步子，三步并作两步冲过去，凑近一看，原来是一张折起来的纸，边缘皱皱巴巴的，明显是张随手折的废纸。她不禁微微皱眉，伸出两根手指想把它捏起来扔掉，指尖还没有碰到废纸，她猛地一缩手。不对，自己平时最爱干净了，大家都知道，谁会不小心往自己桌上扔垃圾呢？这显然是故意的！昨天下午自己身体不舒服请假了，也许她平时得罪了谁，他便用这种方法来恶心她，小莲想道。

隔着一层玻璃，耀眼的太阳仍晒得人头疼。热咖啡浓郁的香气闻起来苦涩得令人作呕。小莲没好气地重重地放下手中的咖啡杯，溢出来的棕色液体沿着杯壁流下，弄脏了洁白的办公桌。小莲看着更难受，只好又自己用纸巾清理干净。

干完这些，小莲一屁股坐在椅子上，冷眼环顾四周，想找出些蛛丝马迹来证明是谁故意缺德地往她桌上扔垃圾！

目光转了一圈，落在旁边的工位上。明辉是个很邋遢的人，他总是喜欢把东西到处乱扔，说太过整齐的环境让他感到压抑。而且他从来都是宁愿垃圾堆成山也不自己去扔。这废纸一定是他扔的！

不对，虽然他很邋遢，但是他俩说好了，他绝对不会把垃圾扔到她这里，应该不是他扔的吧！

小莲摇摇头，否定了自己的第一个想法。

离小莲第二近的是梅姐，可是梅姐绝对不会干这种事。她从来都把小莲当成自己的晚辈来爱护，小莲也很敬重她，她怎么会呢？

那阿宋呢？阿宋和小莲是一个大学毕业的，但是两个人向来不是很对脾气，总是表面上和和气气，暗地里看不起对方。小莲觉得她太松懈、不上进，她觉得小莲太做作、事儿太多。这废纸八成是阿宋看不惯她扔过来的，没准里面还有什么诅咒她的话……

这可不得了，小莲也不顾干不干净了，直接上手把废纸拆开了，只见上面记着一串电话号码。

小莲又犹豫起来了，她不知道该拿起来还是该放下，这个电话难道是别人留给自己的？要打一下试试吗？还是说这根本就是一个恶作剧，就是为了浪费自己五分钟的时间？

小莲已经想不到什么嫌疑人了，目前最有可能的就是阿宋。小莲把那张纸往桌上一扔，决定找她谈谈。

正当这时，梅姐进了屋。小莲赶忙笑着和梅姐打招呼，梅姐也报以微笑。当梅姐走近小莲时，她一眼就看到了桌上已经摊开的那张皱皱巴巴的纸。

"天啊，小莲，原来在你那儿呢，可让我好找！"

"什么？"小莲有些摸不着头脑。梅姐笑了，指着桌上的纸说："这张纸上面记着的电话号码是我管楼下小王要的维修工人的电话，昨天下午他说写完给我放桌子上了，我找了半天也没有，原来他是把你的桌子误认为是我的啦！"

小莲一听，脸红到耳朵根了——原来闹了半天是自己误会了这一切啊！梅姐拿起了那张纸，仔细端详着。"没错没错，就是小王的笔迹！这孩子也真是，怎么折得皱皱巴巴的，我们小莲这么爱干净，是不是差点儿当成垃圾扔掉啊？""啊……是，是啊，哈哈……"正在小莲尴尬之时，阿宋和明辉也有说有笑地进来了。

"大家早啊！""梅姐早上好，小莲早上好！"几个人纷纷问了好。阿宋赶紧去换制服，明辉挂了包便过来坐下，扭头笑眯眯地向小莲说："小莲啊，虽然你不说，但是我知道，每天你都帮我收拾桌子，垃圾也总是你帮我扔。为了感谢你，我决定今天中午请你吃火锅！怎么样，你有时间吗？"

还没来得及回答，手机"叮，叮"两声轻响，小莲拿起一看，原来是阿宋的消息。阿宋抽奖抽到了两张电影票，问小莲周末要不要去看最新的大片。

　　不知为何，咖啡的香气重新怡人起来，小莲带着笑意抿了一口温暖的咖啡。啊，这是多么美好的一天啊！

指导教师：张　倩

纸 (二)

◎任贺阳

凛冽的东北风吓退了绝大多数的人,但这里面不包括赵昌,他骑着破旧的自行车在布满灰尘的公路上如同蜗牛一样前进,自行车次啦啦的声音惊醒了赵昌,他的心不由得一颤。

赵昌的脑海中又一次回想起了昨天的闹剧。朋友给了他一张据说是明代的御纸,请他作一幅山居图,就在他好不容易完成了这幅朋友期盼已久的画正要签名时,却出现了失误。

赵昌正要签名时,一阵冷风吹过,他的手一抖,端着的墨汁被打翻在画上。这顿时让赵昌着急了起来,画一幅画对他来说并不困难,让他为难的是画这幅画的纸是他最铁的朋友张平亲自给他的。据张平说,这张纸是他家老爷子留下来的,就连张老爷子也没舍得画,可惜如今却被他毁了。这种纸一张要一千元钱,并且存世极少,赵昌知道在他经常去的拍卖行里还有一张这样的纸。这个年代,一千元基本上是一个家庭几年的工资了,而他的一幅画也只能卖几十元⋯⋯想到这里,在这寒冬腊月的天气里,他的头上也不禁流下了豆大的汗珠。

就在上个月,赵昌的好友张平希望他能画一幅山水画。赵昌毫不犹豫地接受了请求，毕竟他们俩的交情已经十几年了，并且他自己还曾向张平的老爷子拜过师，可惜的是张平并没有学画的天赋，所以他俩也就没成了师兄弟。

由于张平要求的山水画极其复杂，所以给他的时间也比较宽裕，足足三个月。赵昌足不出户地足足画了一个月才将这幅画画完。赵昌本来可以下周给他个惊喜，可没想到在签名时出了这种意外。

想到这里，赵昌将车停在拍卖行洁净的玻璃窗前，机械地打开大门恍惚地走了进去。

老掌柜惊讶地看着赵昌说："小赵，真是少见呀！你有一段时间没来这里卖画了。"赵昌听到老掌柜的话只是摆了摆手，声音略微低沉地说："我是来买纸的。"老掌柜愣了愣，说："我记得你上半个月刚买了两刀几十元的徽纸呀！"

赵昌对老掌柜说明了一下他要买的纸。老掌柜吃惊地感叹道："啊！这张纸是张老爷子之前让我们拍卖的，但因为价格太高，所以几年了也没卖出去。后来我估计他老人家也忘了，它就一直放在这里。我老董可得提醒你，你可要想好了，你确定要买吗？毕竟你家并不富裕，你可别冲动啊！"

赵昌犹豫了，他的确不愿意花这一大笔钱来买纸。他知道，如果对张平说了实话，就凭他俩的交情，张平并不会责备自己，但自己会永远愧疚的，因为在书画界他可是有名的大好人，就算是朋友找他借钱他也会毫不犹豫地给的，但是这笔钱太多了……

这并不是他一个人的事，他还有老母亲和儿女要养。这个年代的经济并不好,就算他在书画界有着不小的名气,可一幅画也只能卖几十元。他攒了足足三年,才攒够了这换新房的钱,如果买了这张纸,房子就没有了着落。

赵昌也明白,就算拿一张假纸给张平,他也肯定不会有丝毫怀疑,所以就算用不一样的纸再画一幅画给他,也不会对赵昌的名声有任何影响。

在来拍卖行之前,赵昌在桌子上坐了许久,终究还是没能作出决定。良久,他站起身来,走进自己的卧室,从柜子中小心地掏出一个用报纸包住的纸包,里面是他的全部积蓄。他打开报纸小心地从里面取出一沓,用微微颤抖的手数了几遍,终于将它们塞入了他的军大衣中。他决定不让自己后悔。

想到这里,赵昌尴尬地笑了笑,把钱从兜里取出,小心地排在玻璃柜子上说:"老掌柜,拿纸吧。"老掌柜推了推他的玻璃眼镜,睁大了眼睛看了看钱,随即笑了笑,走到后面的仓库里将纸拿到他的面前。赵昌盯着这张纸看了几眼,没有说话,只是快步走出了拍卖行。

回到家,赵昌将纸铺在桌子上,深深地吸了一口气,终于他拿起了在一旁放了许久的笔,再一次画了起来。

又过了一个月,赵昌敲了敲朋友家的门。张平推开门看到赵昌惊喜地说:"哎哟!稀客啊!快进来快进来!"说着他将赵昌迎了进去。赵昌用一种如释重负的动作将包得密不透风的画放在了桌子上。

张平早就对这幅画期待已久,哪里还用他解释,马上打开包装,欣赏起来。看着这幅画,张平惊喜地对赵昌说:"不错,不错!谢谢!"赵昌听了后终于露出了一丝已经一个月没有在脸上出现的微笑,他用手不经意间擦了擦眼角,说道:"有这句谢谢就足够了。"

指导教师:张　倩

卷鱼的休斯底里梦

◎李佳钰

休斯底里山下,天然的地势差让瀑布倾泻而下,而随着坡度的陡降,原本不羁放纵的泉水被迅速安抚,将怒吼的白浪化成柔顺的溪流,汇入休斯底里池。卷鱼一族便生活在这和缓的池水中。

"悠哉,悠哉!"卷鱼妈妈对自己的孩子讲道。

它们世代居住在这里,从未移居过,过世的卷鱼爷爷、奶奶会随着向低处走的水流流走。生老病死,自有命定。无鱼知晓未来,也无鱼叩问过去。休斯底里池虽然不大,却使每个鱼都有舒展的空间。"悠哉!四处游动不停,则此生可安也!"

意外发生在这个春天。

巨大的冰块在某一天砸入休斯底里池,声势之浩大使几条年满一岁的卷鱼被激起的浪花推到了上游,其他的卷鱼被拍向四周,死伤惨烈。

于是,新一代卷鱼于寂静中出生在休斯底里池。

"何归?何归?"它们互相打量,发出疑问。它们尝试逆流而上,却被湍急的水流击打、淹没,但上游闪耀的鱼鳞使新一代卷鱼依旧不知疲倦地跃起,"何归?"

有一天,一条新一代卷鱼被一条上游来的卷鱼砸到了——上游来的卷鱼有更健硕的躯干和更闪亮的鱼鳞。"何归?"新一代卷鱼问。"悠哉!"上游来的卷鱼欣喜地游动。它凭借自己的傲人身段在新一代卷鱼中竖起威望,被倾慕者询问到达上游的方法。它得意地说:"悠哉!只要练习摆尾,则上游指日可待也!"于是,不少新一代卷鱼将此话奉为圭臬,日夜操练尾部。一些鱼废寝忘食,甚至包藏祸心,因为外来卷鱼曾提到上游之地虽富饶却有限,需提防其他卷鱼。然而,仍旧有一小部分卷鱼对它的话心存疑虑,只是不停地游走。

休斯底里池不再太平,有年轻的新一代卷鱼被故意抽死、拍死,"何归"之音渐渐微弱,"悠哉"之音成了包着蜜糖的恶魔。

就这样持续了几年。一年春天,巨冰再次从天而降。像上次那样,休斯底里池再次重归寂静,也有几条鱼被推到了上游,它们惊叫着"何归",还有几条奄奄一息的鱼从上游来到了休斯底里池,它们的眼中是迷茫与不甘,嘴里叫着"悠哉"。上游来的鱼的鱼鳞闪耀着更加夺目的光,"何归"与"悠哉"声隐约传来,为更新一代的卷鱼带来疑问与希望,或者依旧是无边的痛苦。

上游的卷鱼与休斯底里池的卷鱼何时能互通尺素?又何时会叩问过去?

指导教师:张　倩

秋水长天

◎蒋　彰

"海内存知己，天涯若比邻。无为在歧路，儿女共沾巾。"

"这首唐诗成了定场诗了。您知道这诗是谁写的吗？那可是初唐的大才子——王勃！这个名字大家兴许不知道，但您一定听说过他写的文章——《滕王阁序》。今儿接着给大家说《三言二拍》，讲一段马当神风送滕王阁。"

…………

茶馆里人都散了，老苏也把长衫换了下来，走出更衣室。小张凑上来，堆着笑问："师傅，王勃接过笔墨，后来怎么样了？"

老苏嘴角得意地向上翘了翘，瞪着眼瞧着小张："怎么样了？今天这段你学得怎么样了？别急着知道明天的，先把这段给我练熟了。"说着他抄起桌上的醒木与手帕塞在兜里，拿起扇子，用拇指抹了一下扇柄上残留的汗，放进包中，然后往外走去。

小张听了，赶紧把后半句话咽回去了，在后面跟着。

月明星稀，当街的店铺还有几家亮着灯，灯光透过门照着街前的路。小张听着师傅的脚步声，不自觉地跟着。小张回忆着师傅刚才讲的那段书，刚回忆到关键处，却记不起师傅是怎么打的扣子。在公交车站，小张等师傅坐的641路来了，就和师傅分开了。

老苏坐在公交车上，拿出包里的扇子，将前面的几折展开，本来就微微泛黄的素扇在街灯的映照下显得更为古旧。原本粘在扇面上的扇柄已经脱胶，摇晃不定。每次收扇子，本应叠在一起的扇柄总是参差不齐，他伸手捋了捋，看着窗外出神。

再往下说，就说到"落霞与孤鹜齐飞，秋水共长天一色"了，老苏心中暗想。

第二天，小张如期来听课。上午自己讲，间或在电视上看看单田芳、刘兰芳的评书，晚上听师傅在茶馆里讲，这已成为他的生活习惯。不过师傅平常也不讲什么，就是让小张把前一天他在茶馆里讲的说一遍，师傅自己坐在竹椅上，呷着茶听。俗话说得好：师傅领进门，修行在个人嘛。

进了屋，小张发现师傅已经沏上茶坐着了。小张赶紧跑到桌前，拿出醒木、扇子和手帕，把醒木一敲，念道："海内……"

"歇着，谁让你说了？"老苏把茶杯搁到桌上，"先把《滕王阁序》背出来我听听。"

小张瞄了一眼师傅的眼睛，赶紧应了，嘴里抑扬顿挫地背道："豫章故郡，洪都新府……"

背完了，他看向师傅，见师傅微微颔首，试探着说："师傅，我什么时候能自己上台说一段书？"

"还欠味道。"

"又不拿来下酒,要什么味道?"见师傅心情还不错,小张顶了一句。

老苏眼睛向上一翻:"我问你,这文章里的'落霞与孤鹜齐飞,秋水共长天一色'写得好,好在哪儿?"

"好在……好在写得像,写得美,一般人写不出。"小张虽然心里打鼓,但总是要答,总不能一下就被问住。"您说它好在哪儿?"仓皇之余,小张不忘杀一个回马枪。

"这问题,我问过我师傅——你师爷。当时他指着我们一帮不到二十岁的孩子,就说我们这帮年轻人说起书来没有感觉。让我们先背十篇古文,背完了再说书,才能像那么回事。其中第一篇,就是《滕王阁序》。"

小张听师傅说得文不对题,心里犯嘀咕,可嘴上不敢说什么,接着师傅的话往下问:"师爷有没有说过'马当神风送滕王阁'这段书?"

"怎么没说过?"老苏一边说,一边伸手往背包里摸扇子,"不光说过,说得还比《三言二拍》上写得好。你看仔细了。"

"话说王勃接过笔墨,旁边站一个差官,只看他写一句,这边报一句。就看王勃下笔如行云流水,真是'笔落惊风雨,诗成泣鬼神'。正写着,只听着差官亮着嗓子,喊道——"

老苏说着,"唰"的一声把扇子亮开,举扇,抬头,目光向正前一锁,干净利落,没有一点儿冗余的动作。

"落霞与孤鹜齐飞,秋水共长天一色。"

"好!"

"秋水共长天一色。你说这景象是什么样?"

"空蒙一片。"

"妙处就在这空中。"老苏说着一指扇上用浓墨写的"秋水长天","你师爷当年说,别人觉得空空如也,他却觉得里面有东西。说书也是一样,别以为自己只是照着书在念,你话外得有东西。"

小张往前走了几步,眼角眉梢向上挑:"有什么东西?"

"想知道有什么东西?且听下回分解。"老苏说着探身敲了一下小张的脑门儿,"你小子学着点儿这打扣子的法儿,下功夫的日子还长着呢!"说完,老苏背着手拿着扇子出门了。

老苏说小张下功夫的时间还长,果然不假。日子还是像以往那么过。春日里虫声透窗纱,夏日里新月柳梢挂,秋日里清风落林木,冬日里雪暗映梅花,四季的草木荣了又枯,四季的虫鸣歇了又响,唯有屋中的灯耿耿不灭,屋内的话滔滔不绝。师徒俩原先上午练,晚上演,后来老苏说小张学得越来越深了,练的时间要更长些。恰好老苏也不用每天晚上跑茶馆了,索性就在学校里听小张讲。每日的茶香人影,唯有月儿知道罢了。

"闲云潭影日悠悠,物换星移几度秋。阁中帝子今何在?槛外长江空自流。"

"您听这首诗写的世事浮沉,都绕着最后一联里的阁在说。这阁不是北京的佛香阁,也不是山东的蓬莱阁,而是江西的滕王阁。今天我就给大家说一段'马当神风送滕王阁'。"

这回小张不是给师傅讲了。他穿上长衫，抚着折扇，还真有几分说书人的气度。五年的时光倏忽而过，小张已经遂了当初的心愿，真正站到了台上。兴奋和着紧张，混了些怅然若失的情绪，都融进小张抑扬顿挫的声音里。师傅像往常一样，在台下坐着，端着杯茶。

院落萧条，空堂寂寥，座位上只是多了几双眼睛罢了。小张口中说着"闲云潭影日悠悠，物换星移几度秋"，心中不禁有几分感慨。六岁那年的一件事在心中一荡，嘴上不禁就打了个磕巴儿，吓得小张赶紧汇聚神思，不敢再有杂念。老苏的双眉微微一紧，端着茶杯的手停在半空，拈杯盖的手稍稍一动，搅散了漂浮的茶叶，搅起了老苏的心神。他扭头向四周看看，屋内的人三三两两聚在一处，隔桌坐着一位头发半白的男人，估摸着比自己大十来岁，皱纹在脸上松弛地蔓延。他绵绵地坐在椅子上，目光在台上游动，观瞧着小张的表演。看着身旁的老人，衰老的况味袭上老苏心头，回想十来年的风雨浮沉，回想起师傅的音容。师傅黝黑的脸上也是有这么些皱纹，只是比他的深，鬓角的头发也是这样半白，只是显得更加憔悴苍老。自那天晚上师傅来他家之后，他再也没有见过师傅，听师弟说……

"唉，现在还坐到茶馆里听书的人真是越来越少了。"不知不觉间，徒弟已经讲完了，没有掌声，没有动静，台下的人不知道什么时候都走光了，就连刚才隔桌坐着的老汉也不知去向。

"师傅,您说我的火候欠在哪儿?"

"刚才讲到'马当神风送滕王阁'怎么接不上了?"

"我突然想起了小时候一年大年初一的事。"

"说书上点儿心,现在不是讲给我一个人听了。我身上的本事已经都教给你了。"老苏说着站起身来,穿上外套,作势向门外走。他心想:这孩子倒是聪明,就是少一些耐性,静不下心来,评书这行是慢工出细活,往后还得好好磨磨性子呢。只听小张在身后说:"当年我六岁,全家人围着台收音机,听单田芳的《隋唐演义》。据说当时家家户户有收音机的都在听。当时我舅爷说已经十四年没听过书了。"

老苏停住脚步,小张的话像一阵疾风,吹动他的心。他一边整理着衣服,一边扭过头,目光却不与小张的相接,直勾勾地看着天花板上的灯,兀自出神。

"当时,我有十四年没说过书了。"

"后来听说在北京体育馆有四万人听评书,再后来我在电视上听《岳飞传》,同学们到了学校都竞相模仿。"小张说着将身子一立,双眉一挑,眼睛一鼓,对着师傅顺口就道,"两人一交手,只见四个膀背空中来舞,八个马蹄搅扰沙场,蹚起了尘土,遮住了红日,两旁边军卒是擂鼓助威,喊杀震天。"小张说着轻轻一顿,左手掩口,右手轻拍,身子从右至左缓缓转动,口中学着擂鼓声,"咚,咚,咚,咚,咚……"

老苏听着徒弟这段,心里真是翻江倒海。所喜者,徒弟禀赋非凡,口齿伶俐;所惊者,徒弟开口成诵,气势磅礴;所叹者,徒弟初涉江湖,意蕴尚缺;所悲者,徒弟语透哀感,恐怕是今日心头受挫。小张黑眼珠在眼中一翻，恰似月落海上，含着微蒙的希冀，又带着隐隐的凄然，声音渐渐小了。

"后来你就决定要学评书，"老苏的声音微颤着，没有他说书时那么坚实了，"再后来登门拜师，紧接着修身学艺，到现在你发现来听书的人越来越少了？"

"刚开始天天讲，到后来周一休息不讲，现在是每周隔一天去讲一次！"

"嫌少？"

"我怕到以后观众还嫌我们讲得太频，来的人越来越少。"

老苏的脸唰地拉下来了，骄傲的自尊不允许徒弟这么跟他说话，不允许徒弟这么断言评书的前程，"就是对着空椅空堂，我们也得讲！"

"您听说过哪个说书的对着空气讲？"

"不仅听说过，还见过！"

"谁啊？"

"我师傅，你师爷。"

小张心想，想是他在空气里见到了东西，却没敢说。

"知道你舅爷在听《隋唐演义》的时候为什么说十多年没听过书吗？"

"您刚才不是还说自己十四年没说过书吗，后来怎么又开始说了？"

"大年初一家家户户都听《隋唐演义》，我也听了。"仿佛在追忆往事，老苏不再说话了。门外的路暗着，茶馆的灯为他们开着。老苏把手伸进随身的包中，窗外的风送进几声蝉鸣。

秋蝉好像正看着这一对师徒，不知道两个人在谈论什么，也不知道此情此景是否似曾相识。

"明月别枝惊鹊，清风半夜鸣蝉。"今夜没有明月，只有蝉鸣鹊语，还有相对而立的师徒。

老苏的手在包中摸索，原先紧蹙的双眉被穿堂风吹开，盯着徒弟的眼珠如同月落海上，含着无限的殷切，又带着无限的悲凉。

"当时听了那段《隋唐演义》，我想起了当年的闹市，想起了嘈杂的人声，想起了大麦茶的清香，想起了醒木的震响。"说着老苏掏出了那把折扇，递给小张。

"打开。"

唰，小张亮出扇面上的"秋水长天"。今夜，古朴的扇、飘逸的字都别有一番风味，小张没见过。

"知道是哪里来的吗？"

小张刚想顺嘴说不知道，抬头一看师傅，心头一动，明白了，"师爷的。"

"你师爷把扇子给我的时候说了两句话，听了《隋唐演义》我觉得对不起师爷，对不起这扇子！"

"师爷说了什么？他后来怎么样了？"

"后来？后文就再无分解了。"老苏叹了口气，"师傅走了。"

小张立在茶馆中央，怔怔地端着扇子。扇子上写的"秋水长天"仿佛一幅画，画出了滕王阁上的落霞。小张想起师傅曾让他读过的一首诗，说在说书时能用上："夕阳无限好，只是近黄昏。"

"师傅,我学艺五年了。"

"五年……"老苏微微一笑,眼角的鱼尾纹像刻上去的一般。五年的时间,小张还是小张,老苏更是老苏了,"五年前我问你的那个问题你现在答得上来了?"

"师爷当真告诉过您他在秋水长天之间看到了什么?"

"不用在乎你师爷看到了什么,也不用在乎我看到了什么,关键是你看到了什么!"

小张一脸苦笑,摇摇头,从前火热的眼神黯然了。什么是秋水长天?空蒙一片。直到站上从前心心念念的舞台,他才发现,台下原来不再如以往那般热闹,而是空空一片。直到心中的火焰点亮四周,他才发现,周围原来不是想象的那样缤纷多彩,而是空空一片。

不管前路有多么邈远,都与虚幻厮守,这就是秋水长天?

"你以为三百六十行唯有评书简单,只有说、演、评、噱、学?年轻人,路还长着呢,走吧。"

他们今天出来得比平日晚,路边的灯更稀了,透过居民楼的窗口,隐约地露出白光,那是电视的微光。吃完晚饭,洗碗刷盘,然后看上一会儿电视,于每个人来说都是件非常惬意的事。师徒俩不约而同地看着窗口,又不约而同地看向对方。四目相对,仿佛两只蝉儿,在入秋的时节,互相找到了伴儿。蝉儿相知后一声长鸣,权当唱暖对方的心灵。

在清秋的寒夜里,蝉儿怀着同样一颗心。不过迟早有一只会飞走的。

"小张,刚才你说滕王阁这段书,还记得王勃听到差官在旁边喊'豫章故郡',心里想什么吗?"

黑暗中,小张的嘴好像动了动,不过耳畔只有脚步声混着蝉鸣。

霎时间,那窸窸窣窣的声音仿佛化为无形的压力,每响一声,老苏的心都仿佛被压上一块重石。站定,老苏攥着拳头,双眼盯着无尽的黑暗,仿佛小张从他身边离开了,融进这片伸手不见五指的黑暗中了。

他的双眸像月落海上,充满消逝的迷蒙,又饱含坠落的恐惧。这一回没有人看到。

"我问你他心里想什么?"

一阵树叶震颤,老苏的声音在天际回荡,树上的蝉在嗡嗡声中飞走了。

小张接着往前走,不知道是不想回头还是不敢回头。他越走越快,只听见身后撕心裂肺的喊声。泪水在眼窝里一转,终究没往下掉,小张转过墙角,泪水止不住地落了下来,一滴一滴溅在地上。

第二天早上,老苏来到学校,电话铃响了。

"喂。"

"师傅,说、演、评、噱、学,是舞台艺术的基础,在别的地方也用得上,我……打算转行了。"

"什么?"老苏惊得电话差点儿脱手。

"现在有电视了,也有电影了,谁还有兴趣跑到茶馆找乐?时代变了,生活快了,谁还有时间到茶馆消遣?"

老苏攥着电话的手不停地发颤，嘴唇不住地抖。他说了大半辈子书，这时候嘴皮子倒不利索了。

"师傅，我学了五年，我还要学几个五年？评书还能有几个五年？"电话另一头小张的声音越来越小了。他怕自己绝望，他怕师傅心碎。

"评书还能有几个五年？"老苏喃喃自语，他的天地变了，风不是当年的风，月不是当年的月，茶馆不是当年的茶馆，师傅留下来的扇子，还是当年的吗？

"好。今晚，来！"老苏有点儿不知所措，总要见徒弟一面。

"好。"

窗外传来风声人语，听筒没有声音。小张不知道师傅到底有没有挂电话。

老苏站着不动。

"喂，师傅，您……"

老苏站着不动，话筒对面的小张握着话筒不敢动。

"喂……"

老苏叹了口气，小张松了口气。

"嘟嘟，嘟嘟。"

小张听到师傅把电话挂了。

老苏挂了电话，环视教室，椅子还是倾斜地靠在墙角，桌上的茶杯还是静静地立在原处，它们没有变，只是五年过去了。五年，多少个五年过去了？老苏拿起扇子，孑然立于空堂。空堂，只有伛偻的背影勾勒出空堂的形象。

泪水划过脸上的皱纹，为憔悴的心带来微不足道的慰藉。老苏的泪水从不因悲痛而落，只因尊严而流。

历来如此，时时如此。

包括那个风声呼啸的夜晚，月亮透过窗棂，照到他的脸上。他握住手里的扇子，没有流泪，没有张口。自那天以后，他用来说评书的这张嘴有十四年没有开过，没能开过。

漫不经心地打开收音机，传出了单田芳的《隋唐演义》。

老苏展开扇面，凝目观瞧。它的边缘浸上了汗渍，有一些微微泛黄。扇面上深深的折痕犹如一道道皱纹，暗示着扇子也会在风霜中苍老。细看这些褶皱已经有了毛边，让扇面在这里显得尤为单薄。有时候叱咤风云一世，正如这扇子，也会在晚年变得力不从心。时也命也！

那是师傅一生的写照。他回忆师傅的音容笑貌，一袭粗布长衫直到鞋面，瘦削的身形，瓜子脸，卧蚕眉，参差不齐的鼠须，配上黄豆大的眼睛，看起来是土木形骸，说起书来精神抖擞、字正腔圆。

"书接上回，秦琼牵着黄骠马来到闹市……"

老苏想着师傅的样子，微闭起双目，半听着单田芳的评书，回想起属于自己的那些闹事。街上的叫卖声，茶馆门前放学娃儿呼朋唤友的叫声，远处茶客叫伙计的喊声，近处听众嗑瓜子儿的轻音，配上谭师傅说书的声音。

屋里前前后后坐得满满当当，谭师傅说得神采飞扬。自己和师弟们与茶馆伙计站在一起，端茶送水，迎来送往。虽然自己已经将近三十岁,在小地方也能说上一段,但师傅说书,自己这大徒弟不过来,师弟们就只知道听,不干活。

"书接上回,滕王阁上,这笔墨可就送到了王勃跟前。王勃哪知道这笔墨是留给阁大人女婿吴子章的,刚一接过笔墨,全场是一片哗然。"

谭师傅说着把扇子一展,眉头一锁,嘴角向下一耷。滕王阁上是一片哗然,而茶馆里可是鸦雀无声了。待到喝茶的持杯不放,嗑瓜子儿的出神咀嚼。师傅慢条斯理地把扇子收好,敲在手上接着道:"此时此刻,阁大人也是心中不悦。"

谭师傅忽而颦眉略舒,微显和颜,浅笑捻须道:"不过当官的人都胸有城府,含笑说道:'好,就让王先生写。'"

"王勃提笔蘸墨,略加思索,写下第一句:'豫章故郡。'恰在此时只听一个差官在旁边大喊一声:'豫章故郡!'"

谭师傅侧身斜视,方欲张口,只听门外一阵嘈杂,众客人闪目往后看,只见一群人在游街。谭师傅先是一愣,然后接着说:"王勃心想:这怎么还有人喊起来了?"

只听外面喊道:"敢同恶鬼争高下,不向霸王让寸分!"

堂前几个茶客笑了,门边胆小的几个溜了,谭师傅还是自顾自地讲:"原来是写出的文章不让我改,指定了方向就不容回头,"说着他把声音放高,折扇一点,"好,我不回头!"

"王勃接着就往下写:洪都新府。"他每说一个字,便在空中虚点一下。此刻堂下有点儿乱了,有几个坐着的叫伙计结账,想要离去。继而好几处招手示意伙计。更有人把碎钱放在桌上，起身就向门外跨。当时老苏可真是暗暗为师傅捏一把汗，寻思最近街上闹，想让他赶紧结一个扣儿，今儿就散了，可又没法直接跟师傅讲。老苏脚下送客人往门外跨，心恨他们走得匆忙，头不时地向身后转，眼看着起来的人越来越多，堂前的人越来越少。老苏只觉着茶馆里乱哄哄的，隐隐听见师傅朗声说："差官报道：洪都新府。"

老苏走下台阶，嘴角挤出个笑，说了声："慢走，有空常来。"那客人头也未回地匆匆去了。

街上的日头正火辣、暴躁地射在地上。眼前游行的喧噪渐渐消了，不过喧闹本身并没有停止。它们仿佛厌倦这日光，于是尽数潜进身后，穿入书堂。脚步，杂谈，隐隐间着师傅的话，那里成了喧闹的主场。

日光刺得脸庞生疼，回去，老苏怕眼前之景刺着心痛。

须臾，背后的喧杂稍息，老苏回转至堂前，正看见师傅把折扇一抖，念道："落霞与孤鹜齐飞，秋水共长天一色。"扇面侧展，上面的"秋水长天"显得尤其潇洒自在、灵动生姿。堂前的客人已经走光了，师傅犹然对着空桌、空椅、满堂茶香吟咏不觉。

"师傅——"老苏不觉得双手攥拳，师弟们都站定不敢动了。

"人都去了，您怎么还讲啊？"说着老苏的眼泪流了出来，一滴一滴滑出眼眶。

"我讲，我还在讲……"

泪水一滴一滴地溅在地上。

· 133 ·

"我要讲……你们以为三百六十行唯有评书简单，只有说、演、评、噱、学？"接着师傅提高音量，吼道，"你们以为三百六十行唯有评书下贱，讲出来对着人走茶凉？"师傅说着把袍袖一伸，把醒木抄起来，狠狠地往桌上一敲。

"砰！"

透过泪花，老苏看到师傅的手在颤，听到整座空堂在回响。

这一声，老苏这辈子都忘不了。

到了晚上，老苏随便吃了几口晚饭，一个人去茶馆。月上风起，茶烹灯照。原来的观众老的老、病的病，渐渐地很少出来了。偌大的茶馆，傍晚也就只有十来个人了。

堂前人少，老苏也不往心里去，眼神往四周扫，他要找的不是堂前的人。他提着包在茶馆中央立着，眼前的幕帘还是一抹绛红，耳畔的交谈声还是那么轻松，鼻里的茶香还是那么清甜，桌旁的竹椅还是那么苍劲。时间还是时间，岁月终究是岁月，好像一方舞台，就是一辈子的春夏秋冬。

满堂十来个人都是熟人，有人见他出神，不禁问道："老苏，今儿你咋啦？小张呢？"

老苏见问，呆呆地看了看手表，不自然地一笑："嗐，没啥。马上要开始了，我去换身衣服。"说着他匆匆往台后走，碰到了好几次椅子也没在意。等换完衣服再转出来，老苏迈着方步上了台，眼睛向台下一扫，他失望了。当年那个满腔热血的徒弟没有来，当年那个禀赋非凡的徒弟没有来，昨天那个站上台的徒弟没有来，今早答应他要来的徒弟没有来，那个望不见前路的徒弟没有来，那个被现实冲垮梦想的徒弟没有来。他唯一的那个徒弟，没有来！

窗外的天色已然暗了，月儿兀自挂在树梢。夜路恐怕不好走吧。

人有悲欢离合，月有阴晴圆缺，此事古难全。

"海内存知己，天涯若比邻。"

"在座的各位也算我苏正云的知己了。今天说的这段书，正是我的看家本领。您可说了，这么说这段故事一定非常波澜起伏了？哎，那您可想错了。这段书就胜在一个'情'字上。您觉得说情一定是讲才子佳人？那倒也未必。您现在心里甭犯嘀咕，且听我娓娓道来。"

老苏嘴上说着，眼睛又不自觉地向台下看。观众们个个正经八百地坐着，没人交头接耳，也没人吆喝伙计。天黑了，街上看不见买卖摊位，瞧不见放学回家的孩子，倒是清净规矩得很，却没了生气，没了活力。老苏缄口不言了，心飘到了五十多年前的闹市，看到了络绎不绝、车水马龙，看到了三教九流、奇人异禀，看到了自己这一辈子的春夏秋冬。

忽然，门前出现了一个黑影，疾步走至堂前。人影越来越大，脚步声越来越近，仿佛五年的光阴在此刻回溯，一辈子的春夏秋冬在此刻重演，走进来的是他唯一的徒弟。

嘴角的肌肉牵动起老苏的口，他又说起五年前的清晨对小张说的话：

"话说王勃接过笔墨,旁边站一个差官,只看他写一句,这边报一句。就看王勃下笔如行云流水,真是'笔落惊风雨,诗成泣鬼神'。正写着,只听着差官亮着嗓子,喊道——"

老苏说着唰地把扇子亮开,只听刺啦一声,扇子从中间裂了。

老苏心下一惊,目光向扇上一锁,颤着喉头吸了口气,双手拢起扇子,口中念道:"落霞与孤鹜齐飞,秋水共长天一色。"

隔了两秒,老苏接着讲:"阎大人一闻此语,拍手叫好,心想……"

自尊与惊骇驱使老苏把这段书说完了。师傅当年敲击的醒木一直在他的耳畔震响,心绪起伏,书不能乱;人走茶凉,书不能断。

人散了,老苏拾起残扇,感觉脚底一虚,伸手扶住桌角。他深深地吸了口气,这气好像在胸口化作一块巨石,咽不下,吐不出。老苏不住地小口吸气,好像再不喘息,整个人就要窒息了。终于,他长长地吸了口气,又徐徐地吐出,整个人就像放了气的气球,瘫软了。

扇子在"秋水"和"长天"中间断了。

他想起了师傅。

那天师傅被打得鼻青脸肿,别人问他:"王勃听到差官在旁边喊'豫章故郡',心里想什么?"他回答:"这是不叫我改,我不改。""你满口帝王将相才子佳人,你改不改?"师傅不说话,然后就接着打,接着问。老苏是大徒弟,牙齿被打掉了，嗓子被打得变哑了，眼睛被打得看不清师傅了。到了晚上，那个风声呼啸的夜晚，那个月透窗棂的夜晚，师傅来到自己家，拿着那把扇子，跟老苏说了两句话："你看秋水长天上下一片，中间是斩不断的情脉。你收着扇子，把自己的人生填入秋水长天。"

二十年前，师傅那么说了，早在入门学艺开始时，他便这么做了。"落霞与孤鹜齐飞，秋水共长天一色。"如果人生是一场势必消逝的落霞，天地间唯有秋水长天默然相对，亘古如一。秋水长天不是渺不可及的背景，而是人生的底色。它一片空蒙，容纳内心无尽的深挚；它一片悠然，托起内心广袤的清明。

"师傅，师傅！"

老苏缓缓睁开眼睛，发现自己倒在地上，小张跪在身旁。

"师傅，我不走，我不走……"

数年以后，老苏坐在电视前，呷了口茶。只见小张在电视上手拿折扇，有板有眼地讲道："话说王勃写着写着，可就写出了千古名句……只听着差官亮着嗓子，喊道：'落霞与孤鹜齐飞，秋水共长天一色。'阎大人一闻……"

"落霞与孤鹜齐飞，秋水共长天一色。"老苏喃喃自语。

看着小张，老苏落下一滴眼泪，这眼泪落进了秋水长天。

指导教师：邹　明

◇传　记

刘　备　传

◎李忠达

　　刘备，字玄德，涿县人也。备少时，家中尝有一桑树，与乡中诸子戏于其下，忽视之曰："吾为天子，当乘此车盖。"其叔父刘元起奇其言，曰："此儿非常人也。"遂常资给之。

　　中平元年，张角之众揭竿而反，犯幽州界分。时幽州太守刘焉纳邹靖之言出榜募义兵。备久立视文，慨然长叹。忽有一人厉声言曰："大丈夫不与国家出力，何故长叹？"备顾之，其人形貌异常，问其姓字，乃张飞字益德者。备遂谓其非不欲出力，苦报国无门也。飞闻之，欣然资之，相与入村店饮酒。恰又逢关羽字云长者，亦入城而投军，便要还庄。三人结义于桃园，刘备为兄，关羽次之，张飞为弟，共投汉军。

　　备入军中，辅卢植、朱儁之众，屡立战功。然十常侍当权，塞忠谏之路，纳奸佞之言，故备仅除授定安喜县尉。会督邮行部至县，诘难之，遂还印绶而投代州刘恢。后董卓挟献帝以乱朝堂，备随公孙瓒讨之，适卓之义子吕布霸虎牢关以拒诸侯。备与羽、飞力战之，得胜。然诸侯相忌甚也，备随瓒返。

　　初平三年，卓亡，操势大。因其兵壮徇徐州，备乃借瓒之兵以助太守陶谦。至徐州，备遣人赍书于操，会吕布攻兖州，操乃退。谦以病重之故，让太守于备，备屡辞而受之。

布败于操，望徐州而走，备欣然纳之。时备攻袁绍欲夺徐州以自用，布因占徐州，备只得暂屯小沛。后备为袁术所围，布射戟于辕门乃解备之困。备与操共谋布。布困于操，备言之于操："公不见董卓之事乎？"操立杀之。

布既亡，备与操还于许都，献帝认而拜为皇叔。操以献帝之弓狩猎，受百官之拜，羽怒而欲杀之，备以目止之。建安四年，献帝欲以玉带诏诛操，备受之而学圃于家中。一日，操召备于小亭，与其煮酒而论天下之事。备惊而掉箸，以惧雷掩操之疑心。或谏操以杀备，备乃以征袁绍之故去许都，屯徐州不归。操怒而讨之。备从飞之言，因操之立寨未稳而袭之。是夜，备入操寨，觉寨空，为操所击，大败而投袁绍。

备既与羽、飞相失，暂居于袁绍处。后逢关羽、张飞、赵云之众于古城，乃去袁绍会刘辟以再攻操。操势大，再败之。备狼狈而走，无州郡安身，乃从孙乾之言，暂依刘表。

蔡瑁者，荆州太守刘表之妻弟也。备与表酣饮而失言，劝表立长。瑁之姊深恨之，与瑁共谋备。初欲杀备于馆舍，备得伊籍之言而先走。瑁乃作诗于壁间以祸备，曰："数年徒守困，空对旧山川。龙岂池中物，乘雷欲上天。"欲假表之权杀备，未果。瑁又禀表曰："近年丰熟，合聚众官于襄以庆。请公一行。"表从之。瑁乃设军士于城以图备。

宴中，伊籍以目视玄德，低声谓曰："请更衣。"备会意，走于城西，跃马于檀溪而得脱。备策马徐行，至一庄院，遇水

· 139 ·

镜先生。先生谓之曰："伏龙、凤雏，两人得一，可安天下。"备乃虑之于心。后又有名徐庶者助备破操之军，再谏伏龙，备遂三顾草庐请之。

伏龙者，诸葛亮也，字孔明。是时，亮躬耕于南阳，好为《梁甫吟》，常自比于管仲、乐毅，有经纶济世之才。亮以备猥自枉屈，由是感激，乃谏备以隆中对而辅之。

建安七年，因亮之助，备大胜曹军于博望坡、新野。操大怒，以大军讨之。备未战而走，为曹军所袭于长坂坡，与妻子相失。赵云奋战救出子禅，备怒而掷阿斗于地，曰："为这孺子，几损我一员大将。"云感之甚矣，拜曰："云虽肝脑涂地，不能报也！"

及江夏，备方得脱，乃命亮赴东吴交好孙权以共拒操。孙刘联军大败曹军于赤壁，备因得荆州，屯兵纳将，势益壮。权畏之，欲以联姻之策夺荆州而为亮所识，恨之甚矣。

建安十五年，备得凤雏庞统。十六年，又得西川之图，乃从庞统之言入取西川。益州刘璋，刘焉之子也，待备甚诚。备夺涪水关，未折一兵，遂进而攻雒城。雒城守将张任设计于间，统进之甚急而中计身亡，备西望而哭之。亮乃入西川以助备。亮屡谏良谋，备以擒张任而降马超，更兼赵云一干勇士相助，遂取西川平刘璋。

建安二十二年，备引兵东行，东徇汉中。张飞、黄忠随备而行，屡立奇功。亮坐镇中军，调度有方。逾二年，备终大败曹军，收取汉中。当是时也，备拥荆州、汉中、西川，得亮、羽、飞之属所佐，率兵百万，自立为汉中王，可谓霸业将成也!

　　然,权欲谋荆州,败羽而杀之,忿恚备。次年,曹丕称帝,改汉为魏。备为献帝发丧。章武元年,备登坛即帝位,北拒曹丕,东取东吴。亮力劝未果。备初及东吴,势甚大,杀甘宁,诛潘璋,连下数城。权惊,拜陆逊为上将以拒蜀军。备以年长欺逊年少,移兵山林茂盛之地。逊闻之大喜,以火攻之,备大败而走。亮布八卦阵,备方得脱。

　　走至白帝,备染病不起,又哭关、张二弟,其病愈深。乃召亮、云之属,嘱以后事。章武三年,病逝于白帝城,终年六十二岁,谥号昭烈皇帝。

　　时人常尊备为英雄也。窃闻:夫英雄者,心行如一,以正道而无惧,舍小义而取大义。然备数寄他人帐下而畔之,惧杀身之祸而止关羽于田,以私仇犯东吴而任曹丕之篡。可谓之以英雄乎?

指导教师:张　倩

季汉书·姜维传

◎谭博予

姜维字伯约,天水冀人也。少时事母至孝,文武双全,智勇足备,不失为当世英杰。建兴六年,汉丞相诸葛亮出于祁山。时天水太守马遵将兵出城,维随梁绪、梁虔、尹赏等人从行。汉将赵云攻城,维乃挺枪跃马,直取于云。战数合,维之神勇竟不输云。遵用姜维之计,设伏大败汉军。亮见维识其玄机,乃奇其才。因命部卒夜妆姜维于天水城下,故作降汉之言。次日维欲入城,虔以为维叛魏投敌,怒叱,乱箭射维。维走投无路,乃诣亮。会马谡败于街亭,亮遂及维等还。六年九月,亮二出祁山,维诈献降书,伏兵大破魏军。维甚敏于军事,颇有胆义,深解兵法,而心存汉室,为亮所器重。亮曰:"得伯约,如得一凤也。"

十二年,亮卒于五丈原,维遂还成都。三国战火暂平。

延熙十六年,费祎卒。秋,维率二十万人出阳平,经石营、董亭,围南安,斩魏将徐质,困司马昭于铁笼山。魏将陈泰、郭淮策反羌兵,大败汉军,遂解铁笼山之围。维败走,遁于山中,郭淮逐之。淮拈弓搭箭射维,维竟绰箭在手,而以此箭射杀淮。后复与夏侯霸俱出狄道,背水大破魏雍州刺史王经于洮西,经众死者数万人。魏征西将军陈泰、兖州刺史邓艾进兵解围,虚设火鼓二十余处,维乃收兵退守钟提。维自知中计,心头不忿,整勒戎马,再出祁山,为艾破于段谷,死者甚众。维遂谢罪自贬,为后将军,行大将军事。

二十年,魏征东大将军诸葛诞反于淮南,昭乃大起两都之兵,分关中兵东下。维欲乘虚入秦川,乃率大军径取骆谷,度沈岭,望长城而来。景耀元年,维闻诞败死,乃还成都。后姜维出祁山,以阵法胜邓艾,且犹有弃粮克敌等胜绩,而终无大功。

维长年征战,功绩不立,而宦官黄皓、侍中陈祗弄权于内,右将军阎宇与皓阴欲废维之权。维自危惧,遂于沓中屯田避祸,不复还成都。六年,魏将钟会、邓艾起大军伐汉。维表后主:"宜遣张翼守阳安关,廖化守阴平桥,若失之,汉中不保矣。"皓迷信鬼巫,谓敌必败,后主遂隐匿战事,而群臣不知。钟会围攻汉、乐二城,蒋舒开城出降,傅佥格斗而死。维退守剑阁,与董厥等合,扼关而拒会。

而邓艾自阴平险途暗渡,遂破诸葛瞻于绵竹。后主请降于艾,艾前据成都。维等初闻瞻破,或闻后主欲固守成都,或闻欲东入吴,或闻欲南入建宁。及维闻后主归降,大惊失语。将士咸怒,拔刀斫石。

维乃投戈卸甲,诣会于魏军前。会厚待维等,与维结为兄弟。会既诬邓艾,而艾见缚于囚车还都,乃自立。姜维欲借之复汉,从会,密与后主书曰:"望陛下忍数日之辱,维将使社稷危而复安，日月幽而复明，必不使汉室终灭也。"钟会既反，魏将士愤怒，杀会，维自刎。维妻子皆伏诛。魏军共剖维腹，其胆大如鸡卵。

湖海散人有诗叹维曰："大胆应无惧，雄心誓不回。"陈承祚曰："如姜维之乐学不倦，清素节约，自一时之仪表也。"而吾见姜维，论才具，实乃一时雄杰；论为人，胸怀大志；论功绩，虽连年北伐，未有大功，然内有黄皓等奸佞掣肘，外有陈泰、邓艾等良将据守，如此困局，虽武侯再世亦难逆，且季汉之亡，实非维之过也；论毅力，虽汉魏之势难逆，犹连年北伐，虽汉已亡，犹谋复兴之事，及维身死，其计亦害死邓、钟二杰。试想如此之困局，竟是何等执着之人，试图逆天改命？遥想数十年前，元让拔矢啖睛，公瑾火烧赤壁，孟起起兵报仇，武侯六出祁山……此皆不屈不挠、执着至极之人也。至三国末，此等人杰已鲜矣。而姜维若熊熊烈火，燃烧绚烂至死，尽节于季汉。其执着出于武侯而更胜武侯也！

昔崖山战后，南宋覆亡，神州陆沉。而张世杰犹矢志复国，惜落水而死，正所谓：舟遂覆，世杰溺焉，宋亡。于姜维，亦如是：姜维死，汉亡。依稀可见雄汉气节焉矣！

指导教师：张　倩

讨论・立论

引　言

　　创意往往意味着打破和更新。同学们想要在论说中创出"意"来，根本上需要打破原有的思维框架，在思辨中更新自己的认识体系。

　　仔细品读同学们的创意，不难发现，很多"打破"是自然而至的。

　　因为人是日日新的，世界是日日新的，所以我们常会随着成长在生活中见前所未见，历前所未历，便有了新的问题、新的发现。这些"新"冲击着旧的认识，让我们思前所未思。这一过程可能带来豁然开朗的畅快，或者百思不得其解的迷茫，但有心之人则可在其中打开新世界，寻求新解。而个人的现实生活体验往往有限，阅读则给我们一个无限而多元的世界。阅读者在小说里见世间百态，在诗词中品意境万千，人类各不相同的体验、本不相通的悲欢在阅读时自会产生碰撞。不读李白，或许我们难以理解理想主义者的天真；不读鲁迅，或许我们鲜少质疑是否自己也有需要觉醒的瞬间。有心之人在阅读里打破生命的有限，为自己搭建更为宽广的思维空间，在这其中寻得新意。

如此，伴随着"打破"，"更新"也会随之而至，旧的碎片与新的元素重构，相融，好的创意则是在其中梳理新逻辑，明确新认识，设法表达，学会在一场讨论中运用多种论证方法，阐明各种论据，以理服人，不空发议论，不自说自话，有现实针对性，而又不等于只把议论局限于某时某事，而是能从对具体问题的讨论中得出具有普遍意义的结论，将个别之事与一般之理结合起来，让论说更有内涵和价值。

总之，思辨是表达的前提，想清楚，才有可能说得清楚；想得有新意，才可能说得有新意。当写作者用心生活，用心阅读，不停止发现，不停止思考，在破与立的对立统一与有机循环中，创意自然而至，表达浑然天成。

诗话十四则

◎龚天舒

一、余观古今之大诗人，必怀其独到之心，而能以文出之。盖诗词之道，其骨在于心，其肉在于文。有心无文，则类白骨骷髅，令人可怖；有文无心，则类邻家痴儿，脑满肠肥，而终日不知所云，西昆诸家多病此。或曰："耆卿辞胜乎情，少游情胜乎辞，则何如？"对曰："飞燕、玉环，虽有小疵，犹不失为美，而胜骷髅痴儿远矣。"《左传》曰，"文质彬彬"，此论君子语也，亦论诗语也。

二、诗人之心有二，曰独善其身，曰兼济天下。有独善其身之心则可抒身世之情，有兼济天下之心则可抒家国之情。二者得其一，其诗可工矣，然必有情人可得之。

三、诗中之心，在于诗人平生所历。太白想象亦雄奇矣，然岑参"轮台九月风夜吼"，为太白所不能道者，盖太白未历边疆也。耆卿之情亦深矣，然大晏"梨花院落溶溶月"，为耆卿所不能道者，盖耆卿未尝富贵也。

四、诗中之心，亦在诗人天性。东坡贬于黄州，则有"一蓑烟雨任平生"句；美成贬于溧水，则曰"憔悴江南倦客"。二人同为迁客，而心境不同者，盖天性不同也。然天性并无高下之分。

五、诗人之文，在于辞，在于炼字，在于句法篇法，然先务求达意。文既达意，以浓丽出之亦可，以清空出之亦可，或激烈之至，以狂呼出之亦可，皆在诗人所好，而观诗者之胸怀自可容之。然文欲达意，必仗平生学力，而从读书深思中来。今人多鄙此道，而为诗亦鄙，《论语》曰，"学而不思则罔，思而不学则殆"，今人不思不学，岂非自取灭亡乎？《九江词》之"归家妈健疑"，此之谓也。至于合音协律，实小学也，作诗者需自审之。

六、诗之可学者，文也；诗之不可学者，心也。人谓老杜可学，太白不可学；清真可学，坡仙不可学。然清真、老杜之颠沛流离、身世之哀诚可学耶？非也，其可学者只字句篇法耳。今人学遗老体、香奁体，只可做练习、拟作，盖无个人性情之故。倘以遗老、香奁名世，观诗者虽不可讥之，然作者之心应有所愧。

七、有唐一代诗家，首推老杜。盖老杜以深情之人，具古今之学，历家国之变，而独善兼济之心兼备矣。故能登峰造极，别开天地，被推为一代宗师。其后唯李义山、陈简斋、元遗山、陈散原近之。

八、陈散原同时诸老，历数千年未有之大变局，故为诗亦别有所创。其所咏皆一朝一代之事，一家一人之情，前无古人，后无来者。今人学之，每流于遗老体，非出于本心也。然其句法、字法，开后世无数法门，是其可学之处。

九、"江上春山远"一阕，真乃一片热肠，而同调咏炼丹诸阕，直是无机化学教材。炼丹诸阕，其文玄之又玄矣，而意味全无者何？在其无情也。

十、屯田《雨霖铃》，"执手相看泪眼，竟无语凝噎"，为人激赏。至于《玉女摇仙佩》之"愿奶奶兰心蕙性，枕前言下，表余深意"，则鄙陋不可及矣。观此二句，其情实一，而高下立判者何？在其文之工陋也。

十一、词出于唐五代，本席间佐酒之用。及至苏、辛，堂庑始大，有清一朝，皋文辈首倡尊体，倚声乃得以与诗并称，然仍有拘束处。至于国朝，巨擘辈出，守成既固，穷而思变，近引白话新诗，远采外国绝学。况天下巨变，思想解放，天地古今，玄思哲理，沧桑身世，动荡时局，以至少年芳思，闲情琐事，无不可以入词者。词至国朝，其盛亦空前矣。

十二、自古圣人有情，皆发而中节，于歌诗亦务求温敦。诗人非无情也，多不敢发耳，故全宋词数万阕，合者寥寥。国朝思想解放，诗人有情而尽发于歌诗，故多有佳作。如以温敦绳之，未免太鄙。

十三、束梦斋《菩萨蛮》曰，"重谈昨事谁堪记，元来我亦无情矣"，似乎冷淡，而结云"然后泊天涯，一身如落花"，独立苍茫之感尽出，妙不可言。遍观《束梦词》四卷，其真有情者也。

十四、近体诗词所以别于他体者，正在其格律。诗则五七绝律，词则诸调词谱，严处一字平仄不可易。今人多悖此道，所作辄与新诗无异。以格律诘之，则以香菱学诗曰格律有误亦使得对之。

           指导教师：许姗姗

谈李白：理想主义者的天真

◎罗颖靓

谈到李白，我们先想到的是什么？是"黄河之水天上来，奔流到海不复回"的豪壮，是"桃花潭水深千尺，不及汪伦送我情"的深情，还是"云想衣裳花想容，春风拂槛露华浓"的浪漫？中国人爱读李白，但我们爱的真的只是这些吗？我看不然。李白的诗歌不落俗套，和他的个性密不可分。当我们读李白时，我们在读属于一个理想主义者的天真。

李白的天真是埋在纹理之下，藏匿于沧桑之中的。这从他众多孤寂愁苦的诗句中即可发现。不同于清白无邪的天真，他的天真从内核生发，外部有气节包裹，如藤蔓牢牢护住内核，防止了浪漫主义的衰亡。这也就使得众人第一眼看李白，便留下惊世骇俗的印象，那种变幻莫测的、洒落无羁的、如野草疯狂滋长的想象，被坚韧而时隐时现的文人风骨撑起来，字里行间自成一个呼风唤雨的世界，头顶一轮明月高悬，清辉洒落万千人间。李白对于事物的这种天真，一部分是出于爱意，一部分则来自操守。而这截然不同的两个分支，也注定上演一场精彩的自我拉扯。

出于爱意的天真自是不用说,这在《梦游天姥吟留别》中也能看到。他对"云之君"的想象,对"金银台"的描写,无不体现出一种虚幻、华丽而美妙的幸福感,然而这幸福感中实则没有空洞,即使他说"恍惊起而长嗟",能看出满心"好景不长"的遗憾,后面二句"且放白鹿青崖间,须行即骑访名山"也能体现出他对自己所营造的美好是相信的。李白天真就天真在这里,他构造出美不胜收的仙境,身心涤荡飘逸其中,梦醒之后还得像半梦半醒的小孩儿一样慢慢回味,其中的天真是澄澈单纯的。若要作对比,则可看李煜的"梦里不知身是客,一晌贪欢",虽然都是做梦,都是寻欢,但这其中的况味是不大相同的。李后主的词透出的那种失落的哀婉,恰恰是沧桑击破了天真的狼狈所致。而反观李白,他怀才不遇,胸中愤懑,但其诗中却无泣血之意,那种相信快乐的天真,得以支撑他爆出"安能摧眉折腰事权贵,使我不得开心颜"的金句,也得以感化读到他诗句的后人——使他们的心相照相映,以其未泯之童真、未褪之坚毅。

而出于操守的天真,则仿佛李白未出生就被定好的基因。在儒家的文化大环境耳濡目染下,李白自然有了"士不可以不弘毅"的觉悟。在"富贵不能淫,贫贱不能移,威武不能屈"的琅琅读书声中,李白成长为一个志在四方的理想主义者。然而成为一个理想主义者也就意味着他不能没有天真作为润滑剂,否则他将被自己理想与现实的巨大差距割伤,而跌入两者之间,陷入迷茫。王充闾先生说,他耽于幻想,甚至算不上合格的政治家。我则认为这正是李白的魅力所在。他向往的

· 154 ·

或许不是真的从政，而是一种理想化的从政；他追求的也并不一定是呕心沥血地辅佐君主，而是一个他理想状态下的佐贤君济盛世的形象。

如果是这样，那我们有什么资格去说他是时代的悲剧呢？他的追求从头到尾都是一种自我满足，一种超越了现实意义的自我实现。以位势过低的现实之眼向上看，把悲剧的帽子扣在他头上，不光是我，相信他本人也是不会同意的。究其原因，一切都源于他执着于他心目中的理想的那份天真，源于他明白现实参差后依然愿意仰望太行之巅、青云之上的天真。如果他真让自己的理想庸俗而切实了，他真的俯下身去事权贵了，那我们所喜爱的李白也就无法以其无可超越的身姿屹立于世了。与其说是不合适，不如说是一种成全。

当我们谈论李白，我们在谈论什么？不是浪漫，也不是狂放不羁，我们谈论的是他穿越千年的一双赤诚天真的眼眸，历尽千帆后归来仍是少年。

指导教师：唐　洁

黑云压城城欲摧，甲光向日金鳞开
——《觉醒年代》观后感

◎董乐水

"黑云压城城欲摧，甲光向日金鳞开"，当新文化运动先锋们受到复古派的污蔑与诋毁时，北京大学校长蔡元培义愤填膺，吟出了这句诗。字字铿锵有力，叩击着人心。这句诗宛如新文化运动的号角，吹出了雄壮与决心。

其实，这句诗并不仅是新文化运动的号角，更是整个中华民族上下求索之时期无数仁人志士的宣言。在社会黑暗、民族危机的大背景下，没有人知道接下来的路该怎么走，有的人放弃了，绝望了，而那群人仍在坚持——用智慧之光驱散黑暗，用行动的力量硬是把层层乌云拨开。"黑云压城城欲摧，甲光向日金鳞开"，这也是觉醒年代的冲锋号。在觉醒年代的每一个关键时刻，处处都有这句诗的影子。

甲光直面复古复辟的黑云。1915年，袁世凯复辟，陈独秀、李大钊等人毅然从海外归国，寻找救国道路。陈独秀创办《新青年》杂志，向中国介绍了德先生、赛先生，启发中国的青年们做自主、进取的人。当复古派保皇派对新文化加以曲解、歌颂旧文化时，《新青年》的同人编辑们以笔为枪，个个抒写文章，挥洒疆场。面对复古复辟的黑云，新文化在抨击和谩骂声中顽强地蜕变和生长。那些维护新文化的人们是智慧的，因为他们看得清楚历史长河的流向；他们是勇敢的，因为他们不论黑云多密都仍怀有坚定的信念。

甲光驱散民智未开的黑云。那还是1917年，孔教三纲对民众思想的腐蚀和工人阶级的文盲数量，令周树人、李大钊等震惊而痛心。在走访民间的过程中，李大钊等人发现能识字的人是少数，要在整个中国开展新文化运动，需要向全国各界普及基本知识。于是，街头演讲办起来了，北大学生演讲社团从北京街头走到各省重要城市进行演讲，焕发民智。于是，活报剧演起来了，用通俗易懂的方式博得民众对新文化的支持，澄清民众对新文化的误区，化解旧文化带来的压力。于是，工人夜校办起来了，从北大校工到全社会的工人，都可以免费来听北大著名教授给他们普及写字、记账等基本能力。这些行动，出于对工人阶级的同情，更出于对国家的大爱。

甲光拨开山东未归的黑云。1919年的五四运动蓬勃开展，掀起了从北京学界到全国各界的大型爱国运动。每一个参加罢课、罢工的学生、工人们或许都曾想过，他们面临着被捕和牺牲的风险。每一个挺身而出的人的背后，都有他的家人们，他们也都有选择安逸的权利。但他们还是毅然决然地站了出来，选择不顾一切地去爱国。因为只有这样，国家才能摆脱受他国指使的命运，中国才能真正变成中国人自己的中国。爱国学生郭兴刚为山东不能归还中国之事一夜白头，他走在游行示威队伍的前列，血书"还我青岛"，最后壮烈牺牲；陈独秀、李大钊面对生命的危险和北大的解散，仍勇敢地带领学生坚持着正确的爱国道路。他们最后做到了，成功了。这种舍生忘死的爱国精神值得我们每一个中国人尊敬和学习。

甲光冲破人民贫困的黑云。在那政府不作为、乱作为的黑暗大背景下，各个地区生灵涂炭。尤其是工人们，做着最苦最累的活，却得不到公正的待遇，令人格外痛心。俄国十月革命一声炮响，给中国带来了马克思主义，全国的知识分子们展开了对马克思主义的研究，并在各地建立了中国共产党早期组织。他们或许非常确定共产主义就是救中国的道路，或许又不是那么笃定，但是他们明白一件事，那就是现在是中国生死攸关的时刻，必须有那么一群人站出来为自己的国家奉献自己。1921年，中国共产党成立了，中国的工人阶级有了领导核心。陈独秀、李大钊、毛泽东等同志终于克服重重困难，明确了对共产主义的坚定信念，带领中国走上了以工人阶级为领导的切实解决人民问题的大道。

经过几十年的觉醒与探索，中国终于在中国共产党的领导下、在人民的不懈抗争中实现了从站起来、富起来到强起来的伟大飞跃，进入了社会主义新时代。

每一个时代有每一个时代的挑战，每一代人都有每一代人的使命。在那个觉醒的年代，先辈们顶住了内忧外患，很好地完成了自己的使命。

回望中华五千多年的历史长河，"黑云"从未消散，而"甲光"也从未散去。从春秋战国的割据纷争，到汉朝北击匈奴；从唐朝安史之乱，到宋元时期的民族和战交融，历史上的每一个时期都有忧患，可是每一代的中国人都没有被打倒，他们或默默为国奉献，或奏出慷慨壮歌，他们用自己的气节与民族大义，将这民族的星星之火久远流传。这不畏艰难迎难而上的精神，正展现出中华文化和中华民族的韧性。这韧性体现在每一代中国人的爱国作为中，流淌在每一个中国人的血脉里。这韧性也正是中华民族能五千多年绵延不断，而且还将一直绵延下去的原因。

今日的中国也面临着许多问题。比如芯片、航空航天科技领域的"卡脖子"问题，基础学科的研究问题，生物医学问题，还有生态环境的保护问题，等等，都需要我们这一代的青年人秉承先辈们"舍小家，为大家"的精神，在祖国需要的岗位上，去奋斗、研究和解决。

所以"黑云压城城欲摧，甲光向日金鳞开"不仅是觉醒年代的冲锋号，还是中华民族向浩渺时空发出的呐喊。冥冥之中，我听见我们的声音也汇入历史的长河：

强国有我，我们准备好了！

指导教师：武晓青

悲欢本不相通
——读《彷徨》有感

◎李柳萱

每读到鲁迅先生的文章，我总有很多蛛丝一般的感受。习惯了读现代文学，初读鲁迅，虽然同样是白话文，但我隐约觉得他想说的，并非只是眼前那棵树、那块肥皂、那个动作，而是更深更远的一些东西，颇有庄子"因是因非，因非因是"之感。

书中有这样一段描述，我记忆尤为深刻，他说：

"楼下一个男人病得要死，那间壁的一家唱着留声机，对面是弄孩子。楼上有两人狂笑，还有打牌声。河中的船上有女人哭着她死去的母亲。人类的悲欢并不相通，我只觉得他们吵闹。"

"人类的悲欢并不相通。"果真如此吗？我是怀疑的。若悲欢本不相通，为何人类还能够为和自己毫无关系的事情落泪呢？若悲欢本不相通，为何当你成人之美时，内心会涌起无限的快慰？若悲欢本不相通，为何诗人一句"举头望明月，低头思故乡"，却被千古传唱？若悲欢本不相通，那王勃是否该写"海内本无知己，天涯也非比邻"？若悲欢本不相通，贾谊被贬，途经湘江，又怎会哀屈原忠而被谤，为赋以吊屈原；《岳阳楼记》的作者范仲淹何来"先天下之忧而忧，后天下之乐而乐"的体悟；孟夫子亦不会倡导"老吾老以及人之老，幼吾幼以及人之幼"的崇高美德。

古人又说，读《出师表》不落泪非忠臣，读《陈情表》不落泪非孝子。若悲欢本不相通，这世间又怎会有清明禁食？

人类的悲欢是相通的。当我们回望历史，追随并探索时不难发现，在时间漫长的涓流之中，每一处发声都会在历史的深处回响，还会在未来的日子里激荡。

鲁迅先生虽说"人类的悲欢并不相通"，但我游走在他的字里行间却处处都能寻到他的情愫，是悲悯，是愤怒，是呐喊，是沉重……他是敏感的，他用他的那双慧眼，捕捉并洞察到了人类的悲欢离合：他看到了临终的男人躺在楼下的床上，窗外河上的女人仰天而泣；他听到了楼上的人的笑闹，麻将桌上掷骰子叮叮当当的响声……他用他的笔，把互不相识、互不相干的事物联系在一起，然后一股脑地呈献在你面前，你瞧，人类的悲欢多么不相通！

偏偏这样的话有人听懂了。

实际上是大多数人都听懂了，而听懂了的人恰恰有相通的心。他的文字是刻刀，一道道剖入巨人病态的躯体；他的文字是清醒药，让沉睡的龙虎长啸。"杜诗韩笔愁来读，似倩麻姑痒处搔。"先生的文字读之让人撕心裂肺，再也不能视而不见，无动于衷。

鲁迅先生将他的体悟诉诸笔端，进而发出呐喊，若人类的悲欢并不相通，这个世界将变成一潭死水，身处其中的我们会变得麻木、无奈又无力。倘若我们每个人都有一份同情怜悯之心，纵使一个国家经历再多磨难，却依然能够从灾难中站起，并屹立于世界民族之林。

虽说"悲欢离合总无情"，却道"万水千山总是情"。"无缘大慈，同体大悲"，大概便是最可贵的同理心吧！果能做到如此，则世间将不再有对立、矛盾、冲突和仇恨。多一分理解，多一分爱心，这世界会是一片祥和与安宁。

指导教师：宫睿哲

关于《阿Q正传》的思考

◎刘睿韬

我一直都很喜欢读鲁迅先生的文章,后来又读王小波的一些杂文,才发现缘由所在——他们的文章有一共同的写作特色,便是幽默讽刺。幽默的语言中夹杂着辛辣的讽刺,对于读者是艺术享受,但对于批判对象则是一把锋利的刀,直刺人心。这一特色在《阿Q正传》中体现得淋漓尽致,如写阿Q发现自己身上的虱子比王胡少,觉得这"大失体统",引人发笑,却又使人深省——封建制度已把人的精神荼毒到了何种地步!然而虽然鲁迅的批判讽刺尖锐深刻,但如果没有他心底对中华民族深沉的爱,其文字难免沦于尖酸刻薄,这是我爱其文章的又一原因,而王小波的文字在这一点上较之鲁迅到底差了些。曾子曰:"上失其道,民散久矣。如得其情,则哀矜而勿喜。"鲁迅虽批判封建思想的荼毒,但他看阿Q,看那些麻木愚昧的国人,无不带着同情和悲哀。阿Q死前只是想把圆画圆却不成,他一生被压迫剥削,生命完全不受自己支配,如虫豸一般的无力感顿时扑面而来,压得我心中一沉,也难以责难阿Q了,同时也感受到鲁迅的"哀其不幸,怒其不争"了。

阿Q的精神胜利法如今也必然是存在的，这毕竟是一种人性的弱点。要承认自己的失败必然是困难的，而当时阿Q除了革命则无法改变自己的处境，而革命又意味着要全盘否定自己的传统观念，所以困难得几近难以实现，所以才产生了"精神胜利法"。我们如今只要进行第一步就可以了，由于改变并非难以企及，所以精神胜利的症状还算轻微，并不严重。但是我们还是应该尽力去克服，因为不承认失败就不会有改变，不会改变就会在错误的道路上越走越远。所以精神胜利的危害还是要警惕，不可小觑。

首先无论是什么经典文章，肯定存在的必定是艺术价值和审美价值，否则即使其蕴含的思想再为深刻，也难称为一篇好文章。再者其中的精神内涵在今天仍有其价值。如果它所批判的问题如今已经消失了，它就丧失了实用价值，最多就只有历史价值了，正如亚里士多德提出了错误的物理观点，虽然在当时较为适用，可以解释一些现象，但是如今我们只会在物理学史上看到一笔记录，而不会真的去研读它。而鲁迅先生其实一直希望有一天他的文章不再让人如此喜爱，而是束之高阁，这时中国才真正解决了他所提出的问题，而如今我们读他的文章时却常感到脊梁骨被戳，冷汗直冒，所以，这也是一种激励，吾辈仍需努力。其实经典的文章，大概率是反映人性的，不然不会总有这样强的时代性，正如儒家反映人的善，法家反映人的趋利避害，等等。鲁迅的文章反映了人的劣根性，而我们如今读它，相当于更好地了解我们自身，知耻近乎勇，也能更全面地审视自己,品读人性的丑恶,可以让我们更加珍惜人性的美好,并去发扬人性的美好。

指导教师:陈媛媛

"狗尾"并不比"貂"差
——我看续书

◎孟明轩

《红楼梦》后四十回是程伟元、高鹗所续,这似乎是现今最主流的一种说法,主流到无人不知、无人不晓。这种深入人心的观念使得《红楼梦》似乎被一刀切开,成了前八十回的"貂"和后四十回的"狗尾"两部分。我们暂且认为这种说法正确,可看完全书的我不禁产生了疑问:后四十回真的如狗尾般糟糕吗?

并不是的。

从内容上看,《红楼梦》后四十回的精彩程度并不输前八十回,而且可谓跌宕起伏:一边薛蟠娶回的夏金桂和宝蟾在家里翻江倒海,最后把自己毒死,薛蟠出去又犯了杀人罪,搞得薛家天昏地暗;另一边贾府里先是揪出了在水月庵胡作非为的贾芹,然后自怡红院中开了几朵妖海棠后,便接二连三发生了宝玉丢玉变傻、元妃去世、贾母凤姐瞒天过海给宝玉娶亲、黛玉惨死、大观园闹鬼、探春远嫁、宁国府被抄、迎春被虐而死、贾母去世鸳鸯殉主、管家监守自盗、妙玉被劫、凤姐去世、芸蔷环卖巧姐、宝玉悟道考中第七后出家、贾家被赦等一系列惊心动魄、扣人心弦的故事。

我看书时的心情随着贾府遭遇种种不幸逐渐跌落谷底，结果又被突如其来的完美的结局搞得有些莫名其妙的舒畅。但总的来说，相对于前半部分较为平淡的情节，反倒是后四十回的大喜大悲给了我更好的读书体验。

与此同时，后四十回处处不忘承接前八十回的具体情节和人物的性格发展逻辑及其命运。

情节方面，后四十回尽管有些出人意料的"惊喜"——例如上一秒贾政还在和赵堂官谈笑风生，下一秒就风云突变宁国府立刻被查抄——但仔细思索、回味一下，想到前八十回中贾赦为谋名贵扇子而害死石呆子以及贾琏害得尤二姐被凤姐逼死等仗势欺人的做法，早已令人不忿，再加上政治上相互依靠的盟友相继倒下，贾府这时被抄也就不无道理了，因此后四十回书的情节逻辑还是很缜密的。

再看人物性格。主要人物性格大多通过具体生活细节，在原来性格的基础上加以连贯和深层次地刻画，使形象更趋于圆满可信。湘云还是活泼俏皮的湘云，宝钗还是冷静睿智的宝钗，而尤其要重点说的人物是黛玉。九十六回黛玉听说宝玉就要娶宝钗后，刚回到潇湘馆门口就吐出一口鲜血，想到自己和宝玉没有可能了，只是一个劲儿地伤心流泪。尽管她一意要把宝玉写了诗的绢子烧掉，可临死前她的最后一句话却还是"宝玉，宝玉，你好……"书中对于黛玉临死前的凄惨的描写，将黛玉的多情和痴情更加深刻地刻进了我的脑海。

关于人物命运，大多都在第五回《游幻境指迷十二钗饮仙醪曲演红楼梦》中写出了,我想后四十回给出的人物结局基本也都呼应了前文的伏笔。"堪羡优伶有福"伏了最后袭人嫁给了"优伶"蒋玉菡;"独卧青灯古佛旁"的惜春后来进入栊翠庵出家,填补了妙玉的位置;贾巧姐也因母亲王熙凤"偶因济刘氏"救济了刘姥姥,最终"巧得遇恩人"得以不被卖掉。由此可见,大多数人都以他们应有的命运走完了这部书,后四十回也做到了前后的一致。

除了内容饱满、情节紧凑、逻辑连贯缜密之外,后四十回中的语言给人的感觉与前面的如出一辙——该详细写的地方丝毫不吝惜笔墨,而省略的地方则是留给读者自己去琢磨的。我们还是说回第九十六回,听到傻大姐儿说"宝二爷要娶宝姑娘"的黛玉,"如同一个疾雷,心头乱跳"。而知道所有人都在瞒着她这件事后,她的心中"竟是油儿酱儿糖儿醋儿倒在一处的一般,酸甜苦咸,竟说不上什么味儿来了"。这一段描写与鲁智深拳打镇关西的"油酱铺"有异曲同工之妙,用调动其他感官的方法极为生动地写出了黛玉心中五味杂陈的心情。而贯穿全文的略写之处就太多了,没两页就能看到谁谁谁"冷笑道",书中不直接写出冷笑的原因,这就给了读者更多的思考空间。这就能看出,后四十回的写法也是与前八十回基本一致的。

由此可见,"狗尾续貂"的说法其实是人们的一种固有偏见。后四十回并没有所谓的"烂尾",而是很大程度上依着曹雪芹先生的想法完满地结尾了这一著作。

指导教师:许姗姗

唯　象
——论差不多得了

◎魏亦博

易，上则日象，下则物象，有日万物显现，则易之象也。

——《简易道德经》

至道弘深，混成无际，体包空有，理极幽玄。

——《周书》

井蛙不可以语于海者，拘于虚也；夏虫不可以语于冰者，笃于时也；曲士不可以语于道者，束于教也。今尔出于崖涘，观于大海，乃知尔丑，尔将可与语大理矣。

——《庄子》

耳得之而为声，目遇之而成色。

——《赤壁赋》

我并不知道我在世人眼中是什么模样，对我来说，我似乎只像是一个在海边玩耍的男孩，不时找一颗平滑的卵石，或是比较美丽的贝壳来取悦自己，而真理的大海则横陈在我面前，一无发现。

——牛顿

差不多得了，构造即真实！

——俞鹏

也许你是坚定的唯物主义者，也许你听说过形而上学和朴素唯物主义。但你大概率没有听说过唯象①。唯象，phenomenology，与之相反的叫唯识，二者都属于客观唯物主义，其本质区别在于认识事物的路径相反。

象是什么？顾名思义就是表象、现象，Phenomenon，和象相对的叫物，通俗地讲，物是客观存在的，不过我们大多时候不得而知，而象是我们所见的，尽管不一定是本质。周易里面对于易象的解释是比较符合我们所说的。除了周易，象和物这样一组对立关系，也有些类似于佛教中的相和法、道教中的器和道。

人所生活的环境是由象组成的，首先要清楚我们能感知的都是象，能影响我们或者我们能影响的也是象。我们认知事物的唯一方法是测量——"耳得之而为声，目遇之而成色"。看不见、摸不着、无法对人产生影响或无法用现有手段得知的本质，就不是所谓的象。古人伸手不过三尺，走不出百里，所见亚于毫厘，出了一亩三分地就是未知的东西。纵然是今天早已

---

① 唯象：很可能这跟你所熟悉的 Ginzburg-Landau 唯象理论不太一样，因为这里所指的更多是一种常用的思维方法，而非具体公式。

是可上九天揽月、可下五洋捉鳖的人类，也看不见134亿光年外①的宇宙，还跑不出太阳系，所以超出这些的就不是象了。所以外星人、平行宇宙究竟是否存在，我们也不知道，只有等到我们可以接触到他们，或者他们来侵扰我们。这就实现了从未知的物到能测量的象的转变。

不仅如此，对我们真正有相互作用的，其实也只是象，和本质的物并没有关系，比如一条绳子的波，好多人都列不太出来这个微分方程$\frac{T}{ma}(y_{n+1}+y_{n-1}-2y_n)=y_n$，或者在研究质点振动图像的时候总是会把它跟波的形状搞混。这就是犯了"物象不分的问题"——试想一下你就是那一个分子，你的宇宙就是你左边的那个分子和你右边的那个分子。左边的拽你一下，你拽一下右边的，这就是你所知道的一切，也是能操控你和你能操控的一切。任何一个分子都不可能看到这整个波，这就是"不识庐山真面目，只缘身在此山中"。在跟人流一块儿挤的时候也会有这种感觉，那时候你什么都看不见，只能跟着旁边的人挤来挤去，但是你知道这拥挤是怎么来的吗？到底是哪里出了点儿问题？这个问题就是物，但是现在的你是不可能知道的，而且对你也没有影响。对你有影响的只是旁边的人赶紧给你让点儿地儿，这样你好走下一步。所以说我们要不要防备或许存在的外星人？不用，反正井水不犯河水，暂时没

---

① GN-z11的光谱红移值为10.957到11.09，光行距离约133.9亿光年，共动距离约320亿光年，这是目前最远的观测天体，与理论推算的哈勃半径（460亿光年）相差甚远。

工夫管。

下面说说物——视界外的物只要构造符合所能看见的象，就可以说它是完备的物，而其究竟是否如此其实并不重要，因为我们分不清，也对我们没有影响。为什么说分不清呢？平面镜成像实验里蜡烛去替换镜子里的虚像，对于我放的镜前探测器来说，这束光是蜡烛发出的还是虚像"发出"的似乎没有区别，可怜的光学传感器肯定会认为这个像是真的。举个物理课的例子来谈谈"构造即真实"，当时物理老师正在讲电像法，即给定空间各个边界中 φ 或 E，总有唯一确定的一种电荷分布（这个东西利用泊松方程格林函数的唯一解可以严格证明），然后你就随便构造电荷，只要能够满足在你求的空间内的 φ、E 场和已知的相同，无论是个点电荷，还是一个导体棒，还是一个皮卡丘，都是"真实"的物。我们物理老师还举了一个很有意思的例子：数学竞赛教室里有一只小狗在撒尿，高中楼上的学生看见了，说："真恶心，那群笨蛋为什么还在上课？"可是我们确实不知道啊，我们又没有看到不明液体和一只正在进行正反馈调节的小狗，也没有闻到糟糕的气味。所以对我们来说这件事就没有发生。尽管是客观存在的物，但他没有象，所以与我何干？不仅如此，如果有一天有人在地上放了一瓶氨水，然后泼了点儿菊花茶，我们都以为是那传说中的小狗撒了尿，恶心地跑出了教室，但那究竟是不是尿呢？显然这种高仿的东西，除非你去舔一口，不然是很难发现区别的。所以说尽管物不是我们构造的那样子，但确实很符合我们现在的象，然后我们也没有能力进行进一步观测，就姑且认为它是对的。等到哪一天有个人拿去化验了或者舔了一口，再修正我们的假说也不迟。所以说自古以来人们常被唯心论所困扰，实际上正是常常把象当成了所谓的物，就有了形而上学眼见为实的观念。后来就觉得东西都是我看了才出现的，实际上那些都是象，而不是真正的物。所以说真正的 reality 并不是本质的物，而是可感知的象。Reality always real 实际上是 phenomenon always real。

唯象理论最为关键的部分是大胆的猜测。当然也不完全是那种"俱怀逸兴壮思飞，欲上青天揽明月"的浪漫情怀，还要加上格物致知的态度。但是我们绝对不能因为害怕错误而放弃了大胆猜测、小心求证的基本态度。在唯象的观点里，不存在所谓的对与错，只存在符合和不符合，所以说这是一种发展的眼光。亚里士多德认为力是维持运动的观点，现在看来肯定是错的，但是在当时认知的范围内确实由于阻尼的存在任何自由振动都会停下来，后来经过伽利略、笛卡儿、牛顿，直到得到三大定律，我们确实知道牛顿力学被相对论推翻了，但牛顿力学就错了吗？在我们生存的蓝色星球上刨去那些极其微观的，基本上还都是牛顿主宰的天下。所以说在这个范围内它是正确的构造，反过来说相对论就完全正确了吗？在微观条件下不还是经过了量子力学的修正。不妨想得再开一点儿，说不定哪天撞出来了一个新粒子，或者发现了一个新的天体，都会改写我们的理论。所以说千万不要因为害怕错误就放弃大胆的猜测，去构造，去尝试，去绘制镜子另一面的事物。

20 世纪 80 年代，钱学森在提及关于中医现代化时，给出来了关于唯象的观点。根据他的说法，"唯象"应该是指研究对象尚停留在事物的现象这个层面，即只研究现象，不研究本质，知其然而不知其所以然。在此我对于这种思维的逻辑链进行进一步整理。第一步由现象出发对已知范围内的事情进行不完全归纳。第二步是依据归纳得出来一定的关系。如果说前两步是停留在象的层面，即把视界（已知的边界，不是黑洞的边缘）以内的事情整理清晰，那么第三步就是要大胆地猜测、构造、抽象出一个可能存在的物。我们不用去纠结他到底是否足够严密和完备，只要能够在针对的问题范围内就足够了。

而下面的这个例子便是这种思路的典范——普朗克黑体辐射公式的提出，实际上是改进由威廉·维恩提出的维恩近似。维恩近似在短波范围内和实验数据相当符合，但在长波范围内偏差较大，普朗克决定回溯前人的工作来得出正确的自然热辐射公式。1899 年和 1990 年中，每隔几个月，普朗克位于柏林的办公桌上就会摆上最新的结果。经过了庞大的逆向拟合，他最终找到了一个既符合短波段又符合长波段的黑体辐射方程，也就是我们今天所熟知的普朗克黑体辐射定律。直到这一步，还是停留在象，不过天才的普朗克进一步构造了一个物。他还是利用经典的反射腔内的电磁波驻波数进行统计，最后却发现得到了较为离散的结果，和最初的能均分假设不一致。因此普朗克创造性地提出了驻波量子化，后来经过进一步的数学抽象提炼得到了能量量子化。可以看出整个能量量子化都只是用来解释包括黑体辐射在内的一些反常现象的理论。就像他后来所说的那样："量子化只不过是一个走投无路的做法。"但是，就是这个"物"在后面的二十年里撬动了量子力学的革命。人类纷纷发现了各种事物的量子化，如光量子化、动量量子化、角动量量子化……后人又在这个基础上得到了薛定谔方程并建立起了波动力学。随着正则量子化以及矩阵力学的出现，量子力学才成为一个较为完备的体系，无数的例子也证明了那个"物"的构造之精确！

可以说早期的物理是非常唯象的。我们的天文学的理论源自早期第谷、伽利略等伟大天文学家的观测，热学也不过是对冷热张弛的描述。但随着物理体系的发展，我们企图站在一个上帝的视角去俯瞰各种规律。今天有 M 理论、超弦理论等直击究极奥妙的理论。后来随着微观粒子一个个的预言以及一个个的验证，直到最近还发现了 Higgs boson[①]，几乎是对标准模型[②]进行了一个完美的收尾，似乎让我们拥有了从未拥有过的勇气推翻"表象—现实"，建立起一套"本质—现象"的上层

---

① Higgs boson：希格斯玻色子，1964 年，英国科学家彼得·希格斯提出了希格斯场的存在，并进而预言了希格斯玻色子的存在。希格斯场引起自发对称性破缺，并将质量赋予规范传播子和费米子。希格斯粒子是希格斯场的场量子化激发，它通过自相互作用而获得质量，2013 年 3 月 14 日欧洲核子研究组织公开确认发现的 125GV 粒子可能是希格斯粒子。
② 标准模型：Standard Model，是一套描述强力、弱力及电磁力这三种基本力及组成所有物质的基本粒子的理论。它隶属量子场论的范畴，并与量子力学及狭义相对论相容，如果可以加入引力就形成"大一统理论"。超弦理论、M 理论均企图实现统一，但目前仍处于初期阶段。

理论，甚至感到无比接近拉普拉斯口中的"全能全知的小妖怪"①。回到那个小妖怪的时代，那是经典力学的巅峰时期，约里都曾劝普朗克不要学纯理论，因为物理学"是一门高度发展的、几乎是臻善臻美的科学"，现在这门科学"看来很接近于采取最稳定的形式。也许，在某个角落里还有一粒尘屑或一个小气泡，对它们可以去进行研究和分类，但是，作为一个完整的体系，那是建立得足够牢固的。而理论物理学正在明显地接近于几何学在数百年中所已具有的那样完美的程度"。然而谁知道1900年的两朵乌云竟然几乎颠覆了整座大厦。杨振宁也说过物理学的发展要经过四个阶段：第一个阶段是实验，或者说是与实验有关系的一类活动；第二个阶段从实验结果抽炼出来一些理论，叫作唯象理论；唯象理论成熟了以后，如果把其中的精华抽取出来，就成了理论架构——这是第三阶段；最后一个阶段，理论架构要跟数学发生关系。上述四个不同的步骤里都有美，美的性质不完全相同。所以唯象观点在物理发展中是必不可少且至关重要的。

当然这种方法在生物化学中有更多的应用。比如光合作用

---

① 全能全知的小妖怪：拉普拉斯妖。拉普拉斯曾说："我们可以把宇宙现在的状态视为其过去的果以及未来的因。如果一个智者能知道某一刻所有自然运动的力和所有自然构成的物件的位置，假如他也能够对这些数据进行分析，那宇宙里最大的物体到最小的粒子的运动都会包含在一条简单公式中。对于这智者来说没有事物会是含糊的，而未来只会像过去般出现在他面前。"后来演化成了一个"全能全知"的妖怪，知道所有过去和未来，实际上是机械决定论的极端，后来被量子力学中的概率波和测不准原理推翻，即——上帝会扔色子，此外信息熵理论也指出了这个假说的问题。

的发现历程。

1771年,约瑟夫·普里斯特利发现植物可以恢复因蜡烛燃烧而变"坏"了的空气。

1782年,科学家塞尼比尔做实验证明光和CO_2的必要性。

1864年,萨克斯用紫苏进行实验成功地证明了绿色叶片在光合作用中产生了淀粉。

....

1880年,德国科学家恩格尔曼用水绵证明了光合作用的场所是叶绿体。

1931年,微生物学家尼尔将细菌光合作用与绿色植物的光合作用加以比较,提出了光合作用的通式:

$CO_2 + 2H_2A \rightarrow (CH_2O) + 2A + H_2O$。

....

1946年后,美国的马尔文·卡尔文与他的同事们研究一种小球藻,以确定植物在光合作用中如何固定CO_2。经过九年左右的时间,他得到了卡尔文循环。

....

直到今日才形成复杂的光合作用量子机制的雏形。而这一步步从象到物的过程,正是唯象的精髓。

甚至于一向以严谨和体系化著称的数学,在欧几里得最早的著作《几何原本》中也并没有对于欧式空间进行严谨定义,只是综合世界上各种几何现象给出来了几条公理性的定义筑立起了千年不倒的集合大厦。而实际上也不需要定义,因为长时间以来人类对于空间的认知,也只是这样子的。直到后来微分几何曲面空间的发展，人们才逐渐重新审视欧式空间并给出了严谨的定义。而当今微积分理论的基础——极限论是在牛顿提出早期的流数微积分很多年以后才逐渐形成的。

而放在社会学中，对于绝大多数金融学家和股民来说，这种观点可能是不二法门。股市作为一个高度混沌的系统，很难寻找到一个预期的函数与之相吻合，甚至说连所谓的物是什么都难以摸清，因此只能够抽丝剥茧，利用大量的经验理论去实现利益最大化。

此外还有一个好处就是在大计算时代人工智能可以辅助我们实现第一、第二步，也就是基于 deep learning 的 regression 可以帮助我们尽量快而全地归纳世界以内的各种东西。至于剩下的就留给我们去遐想，去假设，最后还能帮我们验证一下这个构造的物怎么样。

看完上文你可能会觉得这种"不求甚解"的理论是一种科学发展的障碍。一定要"会当凌绝顶，一览众山小"；一定要"自缘身在最高层"，才能"不畏浮云遮望眼"。你翻开书还会看见加来道雄说过这些鲤鱼科学家会对提出水池之外还存在另外一个世界的鱼冷嘲热讽，他们说唯一真实存在的事物就是鱼儿们看得见摸得着的水池，看不见的世界没有科学意义。但是更多的时候，我们会发现"总为浮云能蔽日"。而鲤鱼科学家能够看到外面的世界也是因为他从水池中跳了出来。尽管说唯象的理论极其需要大胆猜测和主动地构造未知，但实际上还是一种妥协，是观测能力有限的结果。

因此保有唯象的观点，即推动人类探索未知、拓宽视野的最大动力。为什么各国争先恐后地制造对撞机？为什么各国争先恐后地发射深空探测器？因为实践是认识发展的唯一动力，看得更远是想得更深的先决条件。井底之蛙，唯一的出路就是跳出这个井，否则他所构造出的物永远只是一个想象，而无法成为物，去引发他猜测更深远的物。

欲穷千里目，更上一层楼！

指导教师：谢　玄

论　孝

◎郐雨寒

　　古人云："百善孝为先。"纵观古今，"孝"都是德行之首，为人之本。然而在人口日益老龄化的今天，孝道的践行有时似乎偏离了本源。我认为，"孝"的内涵远大于经济和生活的供养；"孝"的基础、重点和难点则是发自内心的尊重、陪伴、诚意与沟通。

　　"养"是孝的根本，但不是孝的全部。子曰："今之孝者，是谓能养。至于犬马，皆能有养。不敬，何以别乎？"在经济迅速发展、生活条件改善的今天，供养父母的生活已不再是难事。于是很多子女给老人汇款，买食物，买华丽的衣服、家具和生活用品，自以为尽了孝。殊不知父母虽无须为生活担忧，但却有暮年无尽的孤独和寂寞，这也造成了"老年人孤独感益增"这一特殊的时代现象。只将父母当作用金钱就能照料的机器，而不把他们作为需从内心尊重、爱护的亲人看待，与那"养"而不"敬"的犬马何异？欲做孝子，就要像儿时拥有父母的陪伴那样用陪伴回报父母，理解他们的难处，尊重他们的想法，在父母不安时给予抚慰，在父母孤独时给予陪伴，才算做到了"食而爱,爱而敬",而不至与豕犬兽畜为伍。

"孝"既是由心而发,就须有诚意。由衷地希望父母得以颐养天年,就要从自身做起,为之分忧。"保此身以安父母心,做好人以继父母志。"在外明哲保身,不作奸犯科,远离奸佞之人,免使父母"唯其疾之忧",是为孝;保身的同时提升个人修养,端正个人行为,坚定志向,成为父母的骄傲,亦为孝。孝从来不是虚伪的形式主义,而是最真诚的关怀与共情。有此心者,何惧无法尽孝?

"孝"也需注重方法,不是一味地顺从附和,而要建立在合理的沟通交流之上。子曰:"事父母,几谏。"《礼记》曰:"父母有过,下气怡色,柔声以谏。"父母子女保持真诚的沟通,父母有过错时能得到委婉劝说,于父母,则不至于"身陷于不义";于子女,则不至以"愚孝"为人所诟病。子女若像封建社会的子女一般唯唯诺诺,只知顺从而内心不敬,则"孝"便失去了最初的意义。

如今,人们在过分注重经济奉养的同时往往忽略了最重要的一点,即"孝"首先是心中的孝,其次才是表现于外在行为的孝。供养父母同时心怀敬意、诚意、爱意,再加以陪伴和沟通,才是完整的"孝"、真正的"孝",也才是我们今天应该推崇、赞扬、亲身实践的"孝"。

指导教师:邱道学

说"西风"

◎匡雯怡

西风与秋风相差无几,都是物丰之时风之猛烈者。但言及秋风之极度萧索之感,却很少直接使用秋风,而是以西风代之。

一字之差,"秋"从禾从火,"禾谷熟也",秋风似乎总是事物在时间上变化的催化剂,"人生若只如初见,何事秋风悲画扇",夏扇秋弃,是秋风带走了情谊。秋风像一个使者,清新,缠绵,给人带来成熟季节的欣欣向荣,或花果终落的断然结局。

西风则不然,西对应古代文化中五色的"白","白"具万物肃杀的感觉,地理上的西方多是荒漠,荒无人烟,这种特质便给予西风更猛烈尖锐的情感。秋风引禾木花草,西风却总与雁、蝉形影并行。"江阔云低,断雁叫西风",这风似乎是那孤雁喊来的,凄凉,诉尽颠沛流离。草木也并非与西风绝缘,李璟"菡萏香销翠叶残,西风愁起绿波间",西风拉长了残荷的愁绪,着力刻画出相思的绵长,极度忧苦,让人想到"袅袅兮秋风,洞庭波兮木叶下"。可见,西风虽也指秋风,但它对秋日人的愁绪的效果，是更浓稠而沉重的，又有芳时不再、美人迟暮的遗憾。

事实上，西风的功力不止于此，"昨夜西风凋碧树，独上高楼，望尽天涯路"。碧树因一夜西风而尽凋，可见西风之强劲肃杀，景即萧索，作者却展现出一片广阔的境界，倘若是秋风，在树凋尽后便停止了，只有纤柔颓靡的气息，只有西风的方向指引和悲后"入栖"，才能表达出望而不见的苍茫悲壮。于是马致远写下"夜来西风里，九天鹏鹗飞"，其豪情比杜甫的"雕鹗在秋天"更烈，也就可见"恨无上天梯"之沦落之悲了。

所以西风吹尽秋之悲凉雄壮，是有它的道理的。

指导教师：许姗姗

感悟"野象之旅"

◎林旖萱

2021年,一群云南野生亚洲象历经数月的南返引发了中外各界人士的关注,也牵动了众人的心弦。这样一群憨态可掬的大象成为"团宠",正映射着当今人与自然关系的变化。

无论是象与象,还是人与人,自然界中的众多物种其实都是一种群体性动物,个体难以单独生存,这也就注定了象的迁徙要以群体为单位,人类的历史亦是在相互联结中创造。这种联结不仅是物理意义上的共同居住,更是精神世界中的彼此支持,由此形成的共同体,赋予了渺小生物跋山涉水、越过苦难的力量,正如中华文明因一份在战乱与交融中形成的华夏认同而绵延千年,弦歌不绝。

同时,通过这场野象之旅,我们未尝不可看到如今人类同其他动物平等而温情地相待的价值观。人类并非高傲地以日新月异的科技手段帮助象群南返,而是不动声色地加以监控和跟踪,不只保障村民的安全,也要保护大象。人们亲切地将象群称为"野象旅行团",乐于让它们成为"团宠",正是基于这种如与朋友相处般的平等妥帖。而因为平等,所以人们不仅能与同类共情，也或许能在一定程度上与那些交流不通却皆有灵性的动物拥有相通的情感。象群的"南返"有归家之感，人类自迁徙转向定居后，便有了"根"的概念，有了对家乡的眷恋，使某一方天地深邃而长久地镌刻进了心间。因为有过"青春作伴好还乡"的喜悦，有过"望极天涯不见家"的悲戚，亦有过风雨雪雾回故乡的坚定，所以对于这样在两地间浩荡而持恒的迁徙难免有着几分触动，所以怀着一份真挚的关切施以援手。

而与象群相处背后所折射出的，皆是由社会发展所带来的看待自然的视角的变化。人类曾一度大刀阔斧地改造地球面貌，仿佛从依附者变为了主宰，然而这种不管不顾的开发与杀戮很快便带来一系列生态环境的反噬，灭绝动物的墓碑层层叠叠地蜿蜒，仿佛满地冰冷的骸骨，人类亦在滚滚浓烟下近乎窒息。如今我们对象群小心翼翼地守护，正是诸多历史教训所带来的观念转变，是我们对自然怀有敬畏之心的体现。我们固然有着以科技手段改变自身处境的能力，却从不能以一己之力掌控所处星球的运转，毕竟在沧海桑田间，人类的生命实在是太渺小与短暂了，只能在默默地注视着野象憨厚的步履时，悄然期盼那些难以抵挡的天灾少一点儿，再少一点儿，以更好地守卫国泰民安与绿水青山。

野象的远行，其实也是人类虔诚地走向同自然和谐共生的旅途。

指导教师：张梦甜

也说 "在途中"

◎林旖萱

在周而复始的万事万物和漫漫的人生路上，我们很难界定绝对的起点与终点，而是不息地奔走在某一段旅途中，但也就是这样的过程，或许有着比抵达目标时的一瞬间的胜利更有意义的收获。

途中的风景是多姿多彩的，有蜿蜒崎岖，也有坦荡光明，因此在途中本身就是磨砺与享受的统一。卡莱尔曾说："未曾长夜痛哭者，不足与语人生。"从个体生命到人类历史所走过的路途中，最不乏的就是苦难，只有当人们迈过了这层叠的泥泞，才有机会继续在途中的旅程，使过往的痛苦成为积淀。但同时，这世界上亦有如梁遇春先生这样自在奔走于十丈红尘，将看似枯燥的旅途视作人生百态的掠影，做自然的浸润的享受者，于是美景悄然触碰心灵，诗意的体悟也在浪漫中迸发流淌。其实，这二者从不曾剥离，史铁生恣意地向往体育盛事，因有另一部分心灵在蹒跚地熬过病痛带来的折磨，才更感到神火为有机会向诸神炫耀人类的不屈而燃烧的蓬勃之力，也由此使读者更受震撼。就像风雨如晦中的鸡鸣不已，磨砺与享受因在途中以对立统一之姿共存,所以总因此方的存在而感到彼方的意义。

而深究这一切磨砺与享乐所带给人的意义,或许在途中,并且在途中不断行走,是一个能让我们从展现自我到发现自我的过程。最初踏上旅程时,很多人渴望有所成,希望自己能在这个时代"被看见"和"受欢迎",于是急切地向前奔走,即使受挫,若能收获到一点儿认可作为回馈,也足够慰藉。但这一路上交错着的是某一瞬间璀璨的鲜花和骤然失落的荆棘,人们在起起落落的不确定性中,可能不自觉地沿着他人的好恶走向了偏离的航道,也对真实的自己感到了迷茫。这时正是在途中不断积累得失,才能感悟究竟什么构成了能在这条路上继续下去的动力,什么是即使在磨折中仍能荡漾出甘甜的热爱,由此,我们从向外展现变成向内发现,并进而获得清醒的认知和坦然的自信,自身的塑造和突破成为比旁人言论更重要的评判标准。如此,我们在成长途中,逐渐有底气在他人之前认识并肯定了自己,而这正是途中的一切经历所给予的。

同时,既然人不是封闭孤立的个体,而是行走于和外界的交互中,就意味着我们不仅在吸收和内化途中获得能量,也在不断向外释放。叶嘉莹在离乱的悲戚中发现了如何织就诗词的羽衣,并为世人牵出了华夏情丝;而今日中国在再度举办奥运时,也不再以人海涛浪宣告强大,仅在节气的倒计时中便将底蕴娓娓道来,并以担当的姿态携手世界共筑丰碑。

如果将"途中"具象化,则在这条动态的路上,外界在带给我们波折和惊喜,而当我们把这些跌宕起伏内化成自身的力量后,也将回馈给世界。这样的成长和互动,或许正是"在途中"的意义。

指导教师:张梦甜

树文化自信，担时代使命

◎王雨禾

自禹铸九鼎，浸润礼乐春秋，点染六朝金粉，而后更经烈火峥嵘的熔铸，中华文化沉蕴博远，未曾偃息，承接几千载，已成为民族的根基。当中华民族正行走于伟大复兴的征程时，为何要汲取文化自信的力量，又该如何坚定文化自信，已是物质水平复兴之外文化复兴的关键问题，亟待深思。

文化自信，顾名思义，为一个人对其自处的文化意识形态有足够的认同感、归属感、自豪感。它看似宏大，实则贴近生活，是根本而基础的一件件小事之中流露而出的：或是以自己说中国话、写中国字而自豪，或是深切赞同为人处世的谚语准则。人生于斯，长于斯，精神世界的构筑以其为基石、为泥土，便会油然地生出文化上的自信——这也是在几千年来的古书中我们难以看到关于文化自信的讨论的原因。1840年，坚船利炮打开了中国久封的国门，面对倏忽而至的多样文化，武力的悬殊使中国人陷入了文化软弱的错觉。如今，在物质与经济方面，中国已然大跨步走向雄起，然而文化自信作为基础，其在逻辑链的优先性往往被忽视：若无文化自信，谈道路自信、制度自信无疑是空中筑楼。打好了文化自信的基石，更多的有识之士、有为之人才不会流失，才会成为科技进步的关键前驱力。

树文化自信无异于担民族之梁、精神之纲，其难度可想而知。然而前辈是如此筚路蓝缕，慷慨而无悔：于敏核试验场上吟诵《后出师表》一抒报国之志，华为拿出"鸿蒙"系统以根植文化血脉中开天辟地之姿书写新时代中国文化自信的强音。无论是留取三尺卧榻、梦成万千稻香的袁隆平，还是年过古稀未伏枥、犹向苍穹寄深情的孙家栋，都用实际行动证明了中华文化中崇尚的"拙""谦""实"等文化理念在世界潮流中不是落伍之源，而是进取之力。

如今，我辈青年更应该焚膏继晷，雏凤清于老凤声，像曹原一样面对国外高校的盛情邀请，敢于申明"我是中国人，学成之后必将回到自己的祖国"。若说以上种种为文化自信的极致，能做到者诚少，但少数人可担文化自信之梁，是文化自信可以向往的深度，那么习得一两处话本文物中的精巧技艺，钩沉几分经史子集中的文化内蕴便是人人本可达及的文化自信的广度。

我们不必让自己强求深度，汲取文化自信中的力量，进一分便有一分的欢喜。假以时日，广度已成，何惧不深？

指导教师：陈媛媛

畅想・幻想

引　言

　　诗是文学桂冠上璀璨的明珠,以其蓬勃的想象和绮丽的辞藻营造出绝美的意境,展现出汉语言文字的神奇秀美。《论语》中有言:"《诗》三百,一言以蔽之,思无邪。"由此可见诗的纯粹。本书所选的诗作或从阅读中受到启发,或从生活中获得灵感,或抒发对自然生命的感叹,或阐发对人生哲理的思考,或传递对亲情友情的体悟,或审视对自身成长的困惑。如《萤火虫之歌》传递"萤烛之光驱散黑暗"的感人信念,又如《散步》散发"一生一世一家人"的浓浓亲情,再如《笔墨历史》彰显"华夏文明源远流长"的厚重情怀,等等。作者的笔触稚嫩却充满纯粹的热爱,语言青涩却满含真诚的追求,读来沁人心脾，令人回味无穷。

　　科幻作品兼顾文学性与科学性，是文学创作中别致的存在。科幻作品以其无边无垠的想象力向读者呈现出人类探索思想边界的永恒愿望。本书所选的科幻作品皆以生活见闻为土壤，栽种出枝繁叶茂的想象之树，其枝叶延展到远古神话、生态环境、宇宙时空、科技前沿以及人类生存所面临的诸多问题。如《黑洞发电的失败》中作者感慨"文明，不要作茧自缚"，又如《精卫精卫》中对人类与命运抗争的思索，再如《利他者的传说》中对人性的挖掘与反思，等等。作者以独到的眼光、犀利的语言和惊人的想象力为读者呈现出精彩纷呈的文字盛宴。

◇诗 歌

初冬瑞雪

◎熊浩然

诗曰：秋风吹尽旧庭柯，黄叶丹枫客里过。一点禅灯半轮月，今宵寒较昨宵多。

世界之大，寰宇之阔，无奇不有。周游万里，广览四方，乃见西峻岭、北荒原、南森林、东瀚海。流连千瞬，细品四时，方识春瑶花、夏清风、秋皓月、冬瑞雪。非异无以神奇，非奇无以唯美，今朝之立冬，乃有绝罕景象，无与伦比，令人慨然曰：非天神亦不能为之。

风

周末即至，余立教学楼檐下，望原上三亩银杏深林，唯负一身金帛，傲然屹立。忽有风过，婆婆嚓唯齐发，青黄赤紫纷落。那黄金扇子，随风而舞；这芸青杨柳，迎风而俏。常青叶竹是野蜂飞舞，永翠针柏是乱蚁攀爬。真好个解落三秋叶，入竹万竿斜！此深秋景，浪漫缤纷、最绚丽者非北京莫属。

雾

　　翌日，吾晨起，不见曦落，不觅霞光，甚为不解，遂开帘观看，视一派灰白，不明所以，久矣，方垂首见地，暗惊：莫道北京有这般景象，不黑灯瞎火，却伸手不见五指乎？吾难以置信，搓目复看，乃是渺茫之大雾也。真个好雾：若坐琼瑶之仙境，如登华山之巅峰。不见白日远，只在此天穹。难望西山尽，定在此城中。雾下有美景，秋叶万千红。雾中人不知，如游夜黑空。白露横空，霏霏然也，使人想那《赤壁赋》：寄蜉蝣于天地，渺沧海之一粟。哀吾生之须臾，羡长江之无穷！

雨　　雪

　　少焉，渐有淅淅沥沥之音，细雨斜织，薄烟绵绵，吾生倦怠，入衾而眠。

　　再醒之时，已是天明，吾携惺忪睡眼，双目蒙眬，拉帘观看，刹那寒意袭来，瞬间醍醐灌顶。窗不再含十色，止洁白也。雪悠悠飘落，雪者，静也。时有寒风凛然，风者，速也，鹅毛有万卷起，集旋涡于天中，后自云霄直下，未触土地，急教狂风托升，反反复复。此显然高熵之系统，时而井然，再而乱作一团，紧雪相撞，劲风纠缠，摇摇荡荡，真叫人心潮澎湃！雪渐生长，遂聚而凝为霰，再而成雹，复累成冰。忽忆谢太傅之咏雪，白雪纷纷何所似？答曰：道是柳絮因风起，霰坠颊间无可拟，有雹落头顶者，岂不痛乎？俄而窗上雪积冰结，寒霜瑟瑟，室中渐凉，尚无暖气，落魄蜷缩，此乃天之不义也，何必作雪为冰？此情此景，令吾顿生一感，念于胡天飞雪中抗美援朝之烈士，复作诗曰：万千快乐今朝乐，援朝悲愤何其悲。前人既有冰雕筑，秋月飞雪宁为罪？

秋冬之交，立冬首日，即落雪靡靡，实在骇闻。前日一树金扇子，今夜大变干枯枝。风折花木冰压草，雨湿衿袖雪寒衣。慨此自然惊人世，亘今古无与伦比。难忘神奇经历事，故以此作为周记。

指导教师：向东佳

清　明

◎熊浩然

　　苗苗春柳，芳桃以求，华清水秀。金乌寐云，赤戮不寻。与子同休。

　　茂茂春柏，娇兰以爱，岩雨生苔。金虫卧土，干戈不复。与子同胎。

　　亭亭君青，玉梨以梦，浪静风平。金音婉转，先血若波澜。与子同铭！

　　生献中国以青春，死祭华夏以英魂。身卑微，可以枪荡江山，以血染旌旗。先烈千古，国士无双！

指导教师：向东佳

随　笔

◎周子瑄

一

红浆果、枫叶和蔷薇花
下午茶时间到
快来吧，快来吧
来参加秋天的下午茶

二

明月笑着看她在水中的影子
真好啊
真好啊
自己终于不再是孤身一人了

三

乡愁啊
谁曾体会过呢

生与死之间的距离

便是最大的乡愁了

四

你，我

相顾一笑

你，我

指导教师：邱晓云

清华附中校歌改编

◎洪 宽

左傍遗园，鸟鸣嘤嘤；右依新村，车行辚辚。
吾校兼听，察势自明；自强载物，恒以为规。

左傍遗园，风鸣潇潇；右依新村，雪落霏霏。
吾校砥砺，浴火复行；自强不息，立我声威。

左傍遗园，日出磅磅；右依新村，灯明煌煌。
吾校学子，学乐未央；厚德载物，扬我华光。

指导教师：杨 玲

桃　源

◎梁子琼

春夏秋冬交叠在一起
像雾一样
变成潦草的残影
每个人都大张着嘴巴
千百个人同时说话
却成了嘈杂的忙音
取尽世间最艳丽的颜色
混在一起
也只能是丑陋的乌黑
八十八个琴键同时按下
让人难以分辨
这究竟是无调性的高雅乐曲
还是楼上的小孩要砸烂钢琴

太阳没有升起的那一天
我能否进入我自己

一只脚轻轻迈进心脏

我看到了

漫山遍野的桃花林

清风吹过

花香四溢

我知道

那里有一座假山

背后是沼泽和烂泥

通体乌黑的鸟儿啊

因渴望阳光而啼

它声泪俱下地诉说着

曾振翅高飞万里

却也没能找到

传说中七种颜色的光明

我轻声安慰着它

不妨多看看脚下的这片土地

这里的每一串枝丫、每一条小溪

都是只属于你的秘密。

指导教师：杨　玲

北京双奥迎二十大

◎张筱然

北国冰姿千里雪,
京城圣火耀春风。
双喜临门庆佳节,
奥运健儿中国红。
迎接凯旋高歌奏,
二象清气共心同。
十四亿人齐踔厉,
大美神州我辈雄。

指导教师:杨　玲

浪淘沙·庆建党百年

◎张筱然

南湖荡红船,
星火燎原,
长征万里何等闲,
天翻地覆慨而慷,
开国定邦。

峥嵘百年间,
初心如磐,
攻坚克难达小康,
大国崛起谋新篇,
筑梦前行。

指导教师:杨　玲

散步 （一）

◎蒋禹涵

初春在南方的田野上

春天来得太迟，太迟了

我的母亲好不容易又熬过了一个严冬

时间似乎在进行着无限循环，只不过人变了样儿

我们是枝头上的一簇小新叶儿

长着长着，想分叉了

但你若长在那儿

好——说不过你

这南方的初春的田野

我同妻子背上伏着俩红彤彤的小果儿啊

一个老啦，一个还嫩着

我们不放弃，因为你们是我们的整个世界

依旧伏着，伏着

指导教师：向东佳

散步（二）

◎应溪桐

是春天，春天盛开的金色菜花
是生命，生命蓬勃的鲜嫩

我们手挽手，走向大路的尽头
有你在身旁，就已足够

我的人生沐浴阳光，也跨过无数沟壑
你的人生刚刚开始，面对无数山峰和大河

我最最亲爱的人啊，
虽然路途坎坷，你的步伐坚定沉着

风儿轻抚我苍老的脸颊
泪水滋润面上纵横的沟壑

我真的好不舍，不舍得离开你们啊

可是人生终有一别，我珍惜这一切一切

一朵菜花静静开放，另一朵悄悄凋谢

指导教师：向东佳

散步（三）

◎孙 梅

今年
春天来得迟了一些
许多老人未能看上一眼
便匆匆离去了
而母亲
仍慢慢地
同儿子在田野上走着
前面，儿子背起了母亲
后面，母亲背起了儿子
他们都走得很慢
生怕一不小心
把自己的世界摔碎了

指导教师：向东佳

散步（四）

◎彭子恒

走着走着，
终于来到了春天。
母亲又熬过了一个严冬。
田野上到处是新绿，
天地间到处是生命。

走着走着，
来到了岔路口。
母亲说走大路平顺，
儿子说走小路新奇。
全由我决定，
最后走了小径。
我背上了母亲，
妻子背上了儿子。
我们四个，
成了整个世界。

走着走着，

看到了菜花、桑树和鱼塘。

看着初春的田野，

到处都是美丽与暖阳，

到处都充满着亲情，

到处都流淌着爱。

走着走着……

指导教师：向东佳

散步（五）
——整个世界

◎朱子雨

我
母亲
和妻子
还有孩子
田野上散步
熬过冬的母亲
充满着勃勃生机
有意思的小路
平顺的大路
我背着你
你牵着她
走着
就仿佛
我们背着
整个世界

指导教师：向东佳

散步 (六)

◎陈妙绮

淅淅沥沥的小雨送走了清明,
此时,
田里的冬水汩汩地吐着水泡,
好像唱着生命的颂歌。
一片片绿油油的田地似乎被雨水冲淡了,
像极了一幅典雅的水墨画。

一串串脚印
刻在新鲜的淤泥中,
在阳光下铺出了一条绵延的小路。
一串小巧轻盈,
一串颤抖蹒跚,
而另两串强健有力。
四串脚印
沐浴在午后的阳光里。
向前望去,

丈夫和妻子,背着母亲和儿子,
稳稳地,
稳稳地,
就像背着整个世界。

指导教师:向东佳

散步 (七)

◎张笑菲

田野上，
是被风吹起的
灰白、乌黑的发尖，
是湛蓝水镜下的
菜花、桑树、鱼塘。
用当下坚实而温柔的臂膀，
捧起曾经是现在的过去，
捧起以后是现在的未来。
大路平坦开阔，
因为已是尝过一番人间的苦辣酸甜；
小路满是趣味，
因为雏鸟未曾展翅，
想看遍有趣的风景。
是谁？
用她高大却瘦弱的身躯抵过了无数寒冬？

是谁?

用他幼小丰盈的手臂迎来了又一个暖春!

指导教师:向东佳

故 乡

◎尚京纬

桥

我不记得在此间立了多久
就好像做了一个长长的梦
梦里的织锦云霞燃烧天际
白玉栏杆下拴着一匹瘦马

身下的流水静悄悄地来去
孩童的笑语激起朵朵浪花
漫山遍野飘着饭菜的香味
青花瓷碗里凉了一盏清茶

虫鸣响在刚刚回暖的夜里
双双倩影漫步在月亮底下
风偷听去无数的誓言相许
红砖瓦墙上探出一剪梅花

多少儿歌从我脊背上流过
多少情话随水流四处漂泊
多少游子寒夜里悄然泪落
只为了家门口昏黄的灯火

我不记得在此间立了多久
就好像做了一个长长的梦
睁眼时再望不见炊烟袅袅
空荡旷野里响着谁的离歌

寺

杳杳钟声遗落如血残阳里
仿佛一声将断未断的叹息
洒扫的沙弥垂首不言不语
一任满阶枯叶与记忆堆积

少女的心事是解不开的锁
纤纤玉手一支姻缘签紧握
签上字不知等着谁人去解
只有桃花依旧娇艳在山坡

雨后幽香在老墙根下发芽
氤氲泪水随晨雾一起蒸发
颈上的平安符是她的眼睛

带着温热的湿意一眨不眨

姻缘签上断了姻缘的预言
平安符上没有平安的祝愿
能否用夜夜不合眼的木鱼
换来尘世间一缕绵绵红线

大殿里不见了缭绕的香火
老和尚在菩提树下面打坐
无人肯听取他喃喃的自语
不论是蝼蚁还是寂寞佛陀

亭

我站在这里仰望满天云朵
偶尔垂眸长长的古道曲折
看夕阳缠绕在老树的枝桠
和不时被惊起的点点寒鸦

我站在这里任凭花开花落
就像见证一幕幕悲欢离合
飘絮的季节里断肠的心事
折在手上的一段细细柳枝

我站在这里遥念北归的鸟

还有那首"长亭外"的歌
呜咽笛声早已经随风散去
离离春草长满送别的山坡

不愿想千里外的年年相送
不忍看迷归芳草岁岁枯荣
远去的是曾经的少年折柳
长路尽处蹒跚着老翁白头

碧桃树下不曾启封的美酒
是不是时间陈酿了的哀愁
我站在这里睁大蒙眬醉眼
不在意继续守着岁月悠悠

指导教师：舒　迟

弧 线

◎陈子彦

欢乐的鱼儿

"哗啦"一声跃出水面

涟漪在那儿

淘气地打着圈儿

阳光柔和地洒向湖面

天边架起一道

七彩的弧线

你笑了,犹如清风拂面

淡淡的,甜甜的

指导教师:娄赛赛

子卿行

◎索一洲

漠野草如荟,马畜弥山将军谁?
寒海但无梅,啮雪掘食盍不归?
胡汉风云水中月,奈何故臣盼亲辉。
三堂会审空虚设,只为中郎入汗帷。
屈身俯首应何易,国节君命岂可隳?
自以本心昭皇天,叛贼诌佞徒嘶吠。
羝羊难乳子,烈马阻归臣。
故友虽相见,天边分两方。
未闻恩与利,但听悲并丧。
父兄触帝怒,妻母命无方。
汉皇未负加爵意,臣死君恩又何妨?
劝君无复强武志,但以身殉保心防。
旧衣再不复,旌节自无瑕。
夜不觉寒霜冷,且不顾奔走乏。
妇子在非安所,心南眺方得家。

塞外风雪十九载，朝内真龙再更年。

终有归朝为人日，再非朔北做牧倌。

夷王蛮帝只芥子，丹心赤胆壮河山！

指导教师：唐中云

若　你

◎李佳钰

若你是江南岸边的一片土地
常有生长的根、炽热的阳光
你欢欣鼓舞
水是你的奉献
肥是你的慷慨
哪怕显现皱纹
也欣慰于掉入怀抱的干花瓣
——你以为这是回报
喜悦

若你是江南岸边的一株野花
总有绵绵的细雨、闷热的风
你的头摇摆不定
叶同它缠绵
花却与它眷恋

似乎只是瞬息

便被无声的雨滴分离

——你心中含有悔恨

循环

若你是江南岸边的一颗石子

总有冰冷的温度、长久的寂寞

你侧耳倾听

它羡慕你的安逸

它羡慕你的娴静

但你心中秘密

竟是向往着花团锦簇的喧嚣

——你坚信那是真谛

茫茫

若你啊

若你是江南岸边的一条小溪

永远不息地流动，也曾淌过深远

如今你只是江南中

朦胧的曲折

托起千年岁月

跨越四方风尘

但或许只有你懂得

——若没有它们

江南便也不是江南了

　　　　　　　　　指导教师：张　倩

那片土地

◎何沐容

那片土地上
长满了野花

北半球的夏天来了
波斯菊在开放
幽香空气中
他们戴着柳枝编的绿叶环
蝴蝶一般舞动在花丛
脸上洋溢的
是极纯粹的、孩提的笑容

花开花落，岁来岁往
无数四季流过

北半球的夏天来了
波斯菊在开放

面对色彩斑斓花毯的

是一个个手机镜头

而镜头后那群孩子

却不似当年

有纯粹的快乐、灿烂的笑容

花落花开，岁来岁往

多少四季飞逝

北半球的夏天来了

那片土地上，依旧

波斯菊盛开如故

指导教师：张　倩

青　苔

◎段雨萱

秀木向青苔发问,
何不
走入蔚蓝的天空,
恣意向上,向上,
挺拔自己
柔软的茎叶,
义无反顾地
追逐梦想?

青苔答道,
天空
是日月的天空,
是飞鸟的天空。
我向上,向上,
也不过成为
星光、飞鸟的

一缕点缀。

不如在阳光的滋润下，

平凡地成长、仰望。

馨兰向青苔发问，

何不

迈向深沉的土地，

勇敢向下，向下，

破开身前

沉重的桎梏，

瞥见

黑暗中的光明？

青苔轻笑，

伸开斑驳

复杂的臂膀，

环住身旁

玄色的石板，

在水边绽放出

快乐的涟漪。

我

渺小，平凡，

不愿伸向蓝天，

去追逐空幻的美梦；
不愿沉入泥泞，
故作深沉圈禁自己。
我
游荡在罅隙间，
倚靠在窗棂旁。
在万物的倒映下，
平凡，却纯粹。

       指导教师：张　倩

笔墨历史

◎邬 晴

你着深沉的黑色

却如精灵般灵动可爱

你典雅端庄

却自如地变换着形态

你从来书写他人

如今让我来书写你

我的笔墨，我的汉字

你从远古走来

揭开最初文明的面纱

同最长寿的生物长在一处

宁折不弯，在烈火中烙下不可磨灭的墨迹

重见天日时

又给沉寂多年的中华民族

带来祖先的呼喊

你如震撼大地的怒吼

是悬崖上诗人发出的千古诘问

你如奔放自由的江水

是"诗仙"手中的一壶月光酒

你方正规矩

是师表留下的深深烙印

你细腻婉转

是诗三百中少男少女的情思

严谨的，狂放的

刻板的，自由的

工整的，乱中有序的

都是你

也都是造就了你的

五千多年来未曾断绝的中华文化

你的大气来自农民

他们挥毫泼墨

锄头为笔，大地为纸

风雨为墨，四季书写

你的刻板来自文人

他们寒窗苦读

严谨治学，片刻不怠

你的自由来自诗人

他们走南闯北

不受拘泥，不被束缚

你是纸上笔墨百态

却也是中华民族的人生百态

不变的是你们同样坚挺

同样屹立

同样伟大

我的汉字，我的民族，我的中华

指导教师：陈媛媛

明　　镜

◎袁嘉惠

光滑的表面，坚硬的质地
在梳妆台上稳稳站立
单薄的身体像个平面
却能向凝视它的眼睛提供一个
立体而丰富的世界

射向你的光，你一丝也不留给自己
将它们反射，光彩四溢
你呈现的，就是万物最原本、真实的样子
黑即黑，白即白，没有妥协，没有争议

你对美好的赞美，胜过一切语言
而你对丑恶的揭露和批判
将沉浸在虚伪的幻想中的人们
拉出泥潭

明镜啊

你就不惧，那些恼羞成怒的人们

会把你撕成碎片

不惧！不惧

我从不歪曲事实

揭露或丑或美的真相是我的本职

破碎成渣的明镜，依旧能反射

照在它身上的每一寸光

宁为玉碎，不为瓦全

指导教师：陈媛媛

水 手

◎孟靖凯

东方,红日已悄悄露头

大地的音阶被群山弹响

年轻的水手跃跃欲试

他环顾四周

千帆竞渡

百舸争流

出海原是美妙的享受

海豚在船边舞蹈

蓝藻于深夜放光

并不见老船长提到的大风大浪

水手啊,你可知在遥远的海面上

总有些亘古不变的风暴

看!乌云拉开暴风雨的序章

顺风也悄然改变了方向

小船在波涛中孤独地漂荡

但年轻的水手毫不畏惧

他麻利地将顶帆收起

谁料狂风却不依不饶

掀起巨浪滔天

大雨仍然倾盆

船头已偏离了航线

如何继续向前

水手呀，你内心是否还有烈焰

尽管已无人战斗在你身边

闪电划破夜空

雷声震醒苍穹

水手是否在颤抖

或许只有他自己知道

在这绝望的时刻

天空中竟掠过一只军舰鸟

它振翅高飞，搏击长空

勇敢的斗士，你飞向何方

军舰鸟声音嘹亮

到太阳与月亮能照到的地方

水手又挺直了腰板

像石缝中的小花

向上

迎着微弱而渺茫的阳光

绽放

清晨,远山的红日喷薄而出

小船仍在执着地航行

蓝鲸喷出擎天水柱

浇灌了天边的彩虹

这就是海洋

老船长说得不错

风浪永远在未知的海域潜伏

但大海同时有美好和希望

能够战胜迷茫与彷徨

水手正极目远眺

向着初升的太阳

指导教师:陈媛媛

萤火虫之歌

◎白沐涵

妈妈,我将变成萤火虫,
飞过春天飘落的樱花。
我的生命不能如此美丽,
但至少此时与它一样闪耀着光芒。

妈妈,我将变成萤火虫,
飞过秋天染红的枫叶。
那鲜红是叶的血。
每当我想离开时,
都被热情所迷住。

妈妈,我将变成萤火虫,
飞过回声喑哑的大海。
自由的元素啊!
这是最后一次听你的呼吸。

我知道,
萤火是弱而无力的,
但孩子们总喜欢有着微光的草地。
在点亮太阳的长路上,
我们是最绝望的一步。

也许人类最后是要失去太阳的。
那时,妈妈,不要忘记我们啊!
划过天幕的流星便是我们的灵魂,
刹那的火焰就是我们能奉献的全部。

妈妈,我将变成萤火虫,
飞过星空里那不必属于我们的
五彩的颜料,
让黑夜从我的身边开始消逝。

指导教师:陈媛媛

火 之 歌

◎陈思齐

从普罗米修斯的树枝上,
我轻轻地落下,
坠入人间。

磅礴的力量在我的体内涌动,
翻滚着炽热的火舌
和闪耀的白光。
我嘶吼着走过灌丛,
走过树林,
走过城市与村落。
我奔跑,
我高歌,
我狂笑,
我燃烧,
我吞噬,
我让焦黑布满大地。

大地寂静了,
我的力量却前所未有地充实。
来吧,来吧,
让我继续把崇山峻岭来吞了,
把江河湖海来吞了,
把春夏秋冬都来吞了吧!

突然,
我的眼前出现了一片梦一般的世界。
那里绿草如茵,
鲜花盛开,
微风轻轻拂过,
阳光灿烂却不耀眼。
仿佛西方的伊甸园,
又如缥缈的桃花源。
毁灭吧,我想,
可是我喷薄的热浪却无法
逾越那微风,
我肆虐的火舌
被阻隔在草甸之外。

这是哪里?
我向青草怒吼。
风过无声,

青草摇曳。

你要去哪里呢?

它们如是问我。

你们是谁?

我向玉兰树怒吼。

风过无声,

玉兰抖落几点花瓣。

你又是谁呢?

古树如是问我。

我是谁呢?

我又要去哪里?

我默默地伫立在原地。

暮色爬上天空,

在这伊甸园旁,

抑或是桃花源边,

我昏昏地睡去。

在梦中,

我的身体变得轻盈,

每一缕火焰,

都细若游丝。

慢慢地我随风浮起，

青天白云并不燃烧，

却有红影无数。

我望着，

脚下的黑土上，

新的苗芽破土而出，

生长，绽放，

我继续升起。

直到宇宙的尽头，

在那里，

我奔跑，

我高歌，

我狂笑，

我燃烧，

我炸裂，

炸裂成无数碎片，

无数片熠熠生辉的星辰，

闪耀着白色的光芒。

指导教师：陈媛媛

跑　者

◎袁嘉惠

黑压压的人群出发

有人全力冲刺，一马当先

有人慢条斯理，不以为然

你控制着自己的节奏和步点

不求立竿见影，不望一飞冲天

跑过荒漠和草原

越过丘陵和山巅

有人被海市蜃楼迷倒

有人走了岔路陷入泥潭

你只看着脚下的路

两步一吸，两步一呼

荆棘拦路，乱石穿空

有人跌倒，再也无力站起

有人体力不支，痛苦放弃

你的极点已经到来
脚步空前地沉重
前抬后蹬都需要加倍的力气
空气似乎变得黏稠
每吸一口都要克服阻力

终点就在不远处
有人——身边已经没有人
全身酸软，肺腑如针扎般刺痛
可那斯巴达的勇士啊
选择以最绚丽的方式燃烧
无视身体的抗议
以受刑般的毅然向前冲去

你笑了
看着终点线上
汗水浇灌的野草野花
绽放

指导教师：陈媛媛

北方之歌

◎张忠儒

我并不关心群蚁的
愤怒、浪漫和幻想
因为北方
还有覆雪的林莽
若心中
有一盏东方的矿灯
我便在割裂于烟火的晚霞中
听见北方的歌声

在火车不再通往的市镇
北风吹散在谷地的煤烟里
看羊群蹚过小河
是莫大的快乐
星辰便已足够
无须信仰和电力

在一个

看不见山的地方

北风遭到诅咒

没有秋天的时代

雪花成为不祥

远去的积云

玻璃外的候鸟

管道中的溪流

横平竖直的黑字白纸

你我在巨大的平淡中熄灭梦想

麻木常常

困惑往往

但我们还有

疼痛和欲望、火焰和月亮

不要让北方的歌唱

湮没于群蚁的

愤怒、浪漫和幻想

　　　　　　　　指导教师：陈媛媛

秋　收

◎张欣宇

金黄的稻穗

挂在秋天的枝头

随风飘摇，波光粼粼

秋天栖息在农家里

放下溢满稻香的镰刀

拾起装着漫山硕果的背篓

随便踏出门去

美丽的东西到处可以捡起来

我想起无数个辛勤的日夜

汗水浸透了衣襟

重担压弯了臂膀

是怠惰，是放弃

是奋斗，是成功

你们不畏劳苦，披星戴月

毅然选择了奋斗

那就让现实充满热爱与收获

风吹过空旷的山谷

吹着过去

也吹着未来

将秋收

化为一种无声的期待

指导教师：娄赛赛

东方的传说

◎ 韩博天

吹一曲短笛,令笛声婉转飘回故乡。
抚一首扬琴,随秋风流落带去远方。
击一声战鼓,见楼台幻变两军沙场。
传一阵号角,看太阳颓坠鹰携月光。
寂城配静夜,明月衬火光。
林黑不见人,城明人心安。
忽来一阵寒风过,林中花衣皆飘落。
飘来转去衣方歇,三军火光将城索。
杀声震醒醉痴人,火舞燃着虚城梦。
日驾山峦东方出,耀映城上战旗红。
敲一下铜锣,庆奸凶已除凤随龙舞。
放一串炮仗,释黎民心中怨恨惆怅。
弹一韵琵琶,唱正义天降助难四方。
打一律编钟,望未来前途灿烂辉煌。

指导教师:娄赛赛

青　春

◎邱　淼

我说你是李白的酒
你却缺着忧愁
你若是苏轼的月光
又不肯为庭下积水停留
你是流不断的绿水啊
悠悠
是掩不住的阳光
在奔流
无数的人追寻着你缥缈的身影
想要得到你的垂怜
你却将小船停靠在我的心间
我的生命于是洋溢着快乐的甜

指导教师：谢　玄

小　鸟

◎冯若涵

我站在人间
我在山顶嘶吼
我立在高台上吹吹风
我赤裸着双脚

我渴望蓝天
我在午夜咆哮
我踩着电线杆搓搓手
不会飞翔的鸟

我张开了翅膀
还要担心猎人的枪
站在枝头凝望的是人世间的苍凉
是白色的月光
是惆怅的张扬
是家里的热汤

看吧！那墙上的裂痕

是你努力的结果吗

你挣脱开，来拥抱我

我跌跌撞撞地向你飞去

白云从我脚下掠过

雾气蒙蒙

被光包裹

就让泪湿润了衣裳吧

地上的管子还在往外淌水

你真的不管吗

我不喜欢人来人往

只与形单影只为伍

我在白天睡觉

我躺在草堆里睡觉

我在夜里高歌

我跪在沙滩上高歌

我在人群里奔波

我跑啊，我哭啊

我不去寻找因果

我只是答应了妈妈要好好地活

我不停地跑

我不停地摔倒

我闭着眼

我瘸着脚

我不停地大笑

我笑！我放肆地吵闹

我发疯地舞蹈

没有方向的鸟

　　　　　　　指导教师：房春草

光

◎韩佳赫

如果生活是泥潭

有人是污泥

有人是光

所有黑暗的地方

光都在闪耀

如果生活是黑暗

阴影吞噬光

光在闪烁

人们心中的火焰

是光的颜色

如果火焰熄灭了

请不要放弃

黑暗散尽了

你就会看到

那些藏在
黑暗雷云背后的
其他光明啊

人生
就应像蜡烛
从头燃到尾
始终光明

        指导教师：丁戊辰

春　潮

◎李纪泽

孤独的诗人向天边远眺,
千里冰封,万里雪飘。
纵深的山谷只会阴森地笑,
模糊又惨败,悻悻而邈邈。
它笑新芽抵不过严寒,
它笑凛冬锐意未消。
而那新芽不卑不亢,恭敬礼貌,
"初来乍到,请多关照。"

孤独的诗人向天边远眺,
明绿在蔓延,暗白在减少。
明绿渐浓,像上帝的滤镜改了色调,
轰鸣的冰伴着绝望的哀号。
林间的光缕不再能直射到地表,
蟋蟀、黄鹂、画眉和知更鸟。
但侧耳倾听,狂风依旧呼啸,

虚张声势啊，吹不灭播下的火苗。

孤独的诗人向天边远眺，
冬只得败北，生命是春的战袍。
她说朋友，当下之所以美好，
是因为它经历了最后的料峭。
时候到了，冲破镣铐，
畅饮清冽的溪水，醉在朦胧的拂晓。
大地撼动，山河震摇，
一切汇聚成一个呐喊——
春潮！春潮！

指导教师：邹　明

◇科幻小说

黑洞发电的失败

◎薛子凡

在黑暗深邃的太空里，一艘形似车轮的飞船旋转着前行，它全身覆盖着一层厚厚的白色金属外壳，各舱间用朴实坚韧的棕色合金连接着，外壳靠外的一侧停泊着各式各样的探测仪，不时脱离飞船，去银河各处寻觅新世界。在"车轮"的"轴心"位置，是一个墙壁透明的圆盘舱室，这是这艘探险船的心脏与大脑——主控制舱。

"请各位船员回到座位，系紧安全带！各舱门将在五秒后关闭分离，准备穿过小行星带！"船长通过广播喊道。他话音刚落，不是在工作就是在聊天的船员们有秩序地在各舱内集合并仔细而迅速地系紧安全带。"开启保护罩！"工程师说着熟练地拉下操纵杆。

忽然，飞船外壳出现了震耳欲聋的撞击声，紧接着，飞船一侧传来一声闷响，随即突然被岩石碎屑覆盖了。船长不由得吸了口冷气，点击着闪烁着警报的按钮。船员们在颠簸中几次三番差点儿被甩出去，却又被安全带拽了回来。"小行星带不明扰动！"没等其他人反应过来，船长以迅雷不及掩耳之势按下了跃迁键。

一阵天翻地覆,灯光频闪。附近的宇宙好似一汪水泛出涟漪,飞船犹如沉入水底。

1160光年外,飞船好似从寂寥的黑暗中渗了出来,在颤抖中渐渐平稳,内部的灯光也恢复了明亮。船员们解开安全带,长舒了一口气。船长命令道:"导航员,勘探周围环境并搜索附近恒星、行星及类星体。"十五分钟后,导航员用难以置信的口吻说道:"船长,我们位于未编号星系!"

远处,一颗在黑暗里透着荧荧红光的行星高速旋转着,这颗行星已被污染得乌烟瘴气,海洋已经濒临干涸枯竭,只剩下数十个还没被蒸发干净的湖泊。在那不知充斥着多少凶险古怪的致病因子的乌云里飘浮着一个个蒙着灰尘与放射性物质的黯淡球体,这些球体便是索坦星人最后的庇护所。每个索坦人都把自己锁死在球体里,不与外界接触。为了节省能源,大部分索坦人都躺在球体里,靠营养液维持生命,用即将停摆的各式各样机器苟延残喘,无声无息地慢慢成为一坨白肉,然后悄无声息地死去。过度开发,使那里的文明日暮西山,危在旦夕。最后,球体沉重地在索坦星地表光秃秃的荒漠里坠落,爆炸,喷出火花,成为一小撮灰烬。

在一个黑暗的球体里,索坦星最高执政官愤怒地躺在床上,拼命仰着头,伸着其实已经没有的脖子。他手里攥着一根棍子,听着能源部部长微弱的全息影像汇报。突然,他大声打断了局长局促不安的说话声。"你们这些废物,整天空想一个个做梦似的方案，缺少能源，科技就会倒退，就会更缺少能源。二十年来，你没有任何新发明，我们在退步，你现在就给我走人！"他奋力把棍子扔了出去，局长闪了闪，消失了。"这是一个月来的第三任能源部部长了。废物！"执政官暗自骂道。

他本想闭目养神，再睡五索坦时，但能源部部长兴高采烈地再次出现在他面前。还没等他破口大骂，部长说道："微黑洞项目取得突破性进展，微黑洞开始高速飞向近索轨道！""什么？！成功了？"执政官惊喜地叫道，"立刻准备大量资金投入该项目，在两至三索坦周后移至近索轨道！"

微黑洞，顾名思义，即小型黑洞，质量约为一座山的质量，可能在高维度里被制造，它可以提供大量的 X 射线和伽马射线，可以为行星供电。

"导航员，我们可以去哪里？"

"哦！嗯……我们被混乱维度包围了，这个恒星系统有非常多的陨石袭击，这里的小行星带比火星与木星间的还要危险，我认为我们应该先去离我们最近的行星附近避难。"导航员刚从一片迷茫中回过神来，突然，她手一滑，智能望远镜转向另一个方向，旋即闪烁起来，她惊讶地尖叫起来："天哪，那颗行星可能有智能生命生存！"一直盯着图像目不转睛的工程师喊道："一个微黑洞正在向行星飞来，并且它好像可以——可以掠过近行星轨道——然后——像一颗卫星似的环绕行星！"

"这么说，那里一定有智能生命。"船长迟疑地按下停止键,飞船空转起来,"但是供电微黑洞非常难以控制,极有可能钻入行星内核。"船长仿佛感到大脑被切开了,自己在跟自己斗争,不救,虽然不会带来不必要的麻烦,但于心不忍;救,是人之常情,而且走进穷途末路的文明对于人类了无影响,况且是 1160 光年以外。船员们不禁小声议论起来。船长说:"在对人类文明发展没有不良影响时,帮助将要毁灭的文明是我们的天职,想一想你们当初参加这次探险前的宣誓!"船员们一片哑然。在这考验人类善良天性的时刻,工程师、导航员异口同声道:"请船长指挥!"船长操纵着飞船向索坦星前进。

"黑洞成功进入近索轨道。"话音刚落,索坦航空航天与天体物理局里爆发出欢笑声,大量的索坦人试图连接全息摄像头,这是几十年来索坦平民第一次看见同类的样貌。

"我们有救了!"

"有大量的电了!"

在空中飘浮的球体发出了亮晶晶的闪耀光芒,如霓虹灯般五彩斑斓。球体内喷涌出来的人造水干净清甜,而不是之前咸涩恶臭的死水。飞船也可以启动了,仿佛索坦人将迎来一次辉煌复兴。有专家称,索坦人将在五索坦世纪内统治银河。但当数以千计的索坦人想要驾驶飞船在天空中遨游时,他们却已经没有体力去驾驶了,他们刚坐到驾驶座位上就昏昏欲睡了。

"发现不明飞行物!"一名技术员在检测黑洞时喊道。这句话通过各种途径传遍索坦星,一时间一片哗然。

"好可怕！"

"他们要抢夺能源！"

"炸死他们！"

全息影像统一接到会议厅，声音由一开始的议论声变成了整齐划一的"进攻！进攻！进攻"声。这时，最高执政官清了清嗓子，发话道："对于居心不良、试图侵占我星球资产的野蛮外族，我们将发起进攻。"

随着一阵"隆隆"的响声，飞船上的船员从舷窗看到污浊的大气层里有三枚导弹的轮廓从三个方向显现出来，接着数十枚导弹相继飞来，准备袭击飞船。

"报告船长，发现导弹踪迹，请指示！"工程师说道。

"开启AI自动排险系统！"

飞船四周发射出一阵阵隐形波，导弹们好似怔住了一般，出人意料地纷纷化成了一团团火球，仿佛涅槃中的火凤凰，发出壮观明亮、金灿灿的光芒。

还没等船长反应过来，一束激光倏地射出，那炽热的白光足以在不到一秒间将飞船穿透，侥幸地，激光除了将飞船尾翼外壳蹭掉一块外没有造成任何伤害。船员们心急如焚，他们好像能清晰地听见其他人的心跳。

"不要反击！"船长一边说着一边按下撤离键，"我们离开近行星轨道，同时向他们发射信号。"船长飞快地摁下加速键和方向杆。

"停止攻击！停止攻击！！停止攻击！！！"

"让黑洞离你们越远越好！"

索坦星每个球体上赫然映出这两行警告话语。会议厅里的索坦人用眼神交流着，最高执政官察觉到一丝躁动。他严肃地按了按按钮，嘹亮的笛声在大堂里回响，会议厅顿时一片寂静。虽然这是个法治颇不清晰、严酷的星球，但按下最高发言按钮之后故意发出响声者，格杀勿论。

"我们不能让手边的肥肉被拿走，我们假意听从它们的'建议'，然后欺骗引诱它们接受我们的'奖赏'——那可真是'大礼'，氢弹！"

"让它们见识见识我们的英明领导与军事力量！"索坦人民一起吼道。

"我们接收到了，我们会让黑洞离开的。谢谢！我们将呈上一份礼物！"

导航员欣慰地笑道："太好了，拯救了一个世界！我们是否领礼品？"船长正欲回答，却被工程师疑惑的声音打断："黑洞并未明显改变路径，我认为索坦人没告诉我们实话，这可能有诈。"船长当机立断，不管三七二十一，操纵飞船高速撤退。就在这时，黑洞与一枚超级氢弹迎面向飞船扑来，飞船连忙转向，紧急撤离。飞船旋转着绕过黑洞，飞船上一片混乱，船员们被离心力甩向飞船末端。"不！"控制面板被抛到空中，而后狠狠地摔到地上，摔了个粉碎。

氢弹爆炸的一刹那，黑洞突然冲向索坦星地表。

一眨眼的时间，索坦星被撕裂开来，岩浆迸射，还来不及冷却，就被黑洞吸收了，岩石碎屑和外壳剥落下来，也进入了黑洞的胃肠里。

一时间，岩浆、巨石、蒸气和冰块横飞，黑洞将缝隙撑得越来越宽。最后，索坦星成为一团混沌。索坦星在十五分钟内被撕扯、啃咬，消失得无影无踪。黑洞缓缓移向飞船，像饕餮一样不带任何感情地贪婪吞噬着。

飞船上人心惶惶，燃料的耗尽使无声的恐惧与绝望包裹着飞船，船员们有的黯然啜泣，有的强忍悲伤，有的只是双眼呆滞地沉默着。这时，看似在冥想中的船长重重地跳起来，他冷静地在后台程序里加入一行代码，启动了隐藏设备——射线接收器。大屏幕上，电量指数陡然上升。船长笑着喊出了两个字："跃迁！"船员们眼里闪烁着泪光，欢声雷动。飞船，怀着希望，飞远了……

指导教师：龚　卉

星 空

◎马瑀涵

引 子

"我总觉得传说宇宙中那动辄千万光年的距离根本就不可能是真实存在的。宇宙怎么可能有那么大。"

"你的意思是,有人在欺骗着不知实情的民众?"

"不,只是,我总觉得从地球向外看的时候像是在照镜子。或许地球的四面八方都被摆满了一面面巨大的镜子,人类所看到的星空,不过是虚妄的电信号而已。"

一

蝉鸣阵阵,芦苇中蛙声四起,和煦的阳光透过梧桐树的枝叶照在大地上。蔚蓝的天幕下清晨的云雾蒸腾着、翻卷着,光影变幻,异常美丽。就在这个再寻常不过的宁静夏日里,宁枫落死死盯着"天宇一号"主运算机的屏幕一言不发。

"天宇一号"是在一年前,也就是2034年正式投入使用的超大型阵列射电望远镜,具有全球最高的角分辨率与最远的探测距离。它的成功建造无疑是人类信息时代以来的一个巨大突破，因为它足以对整个银河系做全景式的超精确观测，或者在整个可见范围内的宇宙中接收到十亿光年的远方传来的微弱电信号。全地球倾力打造的这台"天宇一号"至少是超越当前常规技术一百年的产物。有了它，人类对宇宙的认知将极大程度地提高，甚至可能有助于人类迈出向 I 型文明过渡的关键一步。

可是这个东西现在似乎出了一些毛病。在它的实时接收数据模拟图像显示屏上，宇宙的四面八方都开始了各项均一的扭曲；3K 的微波背景辐射不见了，取而代之的是超短波长的高能电磁波，其携带的能量至少是伽马射线的上万倍；星星消失了，在漆黑的夜空上点缀着的不再是璀璨星辰，而是无数如钻石般闪耀的空间切面，每一个切面之外仿佛都通着无尽远处的另一个宇宙；宇宙中电磁射线疯狂肆虐，扬起漫天星辰的狂沙，被吹散的星云掠过半人马座的轨道，向着遥远的银河中心飞去；原先银河系的一道道旋臂扭曲成环，在急速的旋转中反而凝聚得越来越紧，几乎被压缩成扁球形。然后它们交叠在了一起，多少恒星重叠在了同一处空间却互不影响，依旧自己放着自己的光。这图像中的哪怕一点点最微弱的力量，都能够轻易撕碎这个渺小的地球，可不知为何，它却是如此之美。

望着这幅末日般的图景，宁枫落强迫着自己不去想那恒星闪灭、星云飘散的美，刺骨的寒意从他心头涌起，额头上冷汗滴滴渗出，他慌了神。在仔细核对运算过程无误后，他开始反查"天宇一号"从这个浩瀚而残暴的宇宙所接收到的原始数据。十分钟后,他终于从疯狂的演算中镇静下来,只是全身都抖个不停,就像刚刚从冰水中爬出来一样。

"这个宇宙,已经不是我们所熟知的宇宙了。"他喃喃自语道。

二

百亿年的岁月,终于磨掉了宇宙的棱角。昔日那个狂暴的宇宙早已消失,它早已学会了内敛。

可百亿年的岁月,终未能将它的本性洗刷净尽。

宁枫落也一样。

就像宇宙本身一样,人性也有着自己的规则与定律,也遵循着某种特有的方式运转着。

可现在它就要垮了,就要像这个宇宙一样崩塌,甚至是毁灭。

他还记得小时候的自己会在一个黑黑的夜晚仰望着天上的星辰,许下心中美好的愿望与希冀,若是能够幸运地看到一颗流星,便会兴奋地手舞足蹈。天上繁星透过幽深的天幕洒下的微光在穿越了千百光年的距离后早已稀薄得不成样子,可那时的自己还丝毫不了解这个宇宙,以为那就是天空本来的样子。后来他长大了,不再相信流星雨会让愿望成真的美丽童话,于是依然仰望着星星,想着自己的心事,也幻想着这个宇宙的过往。那时的他依然不了解宇宙,以为它就是一个透明的球,把大地笼罩在内,里面是自己,外面是星空。他说,曾几何时,我们都是茫茫宇宙中的渺渺星辰。再后来，他曾天真地在一个个夜晚架起高倍的望远镜，试图用自己的双眼射穿太空的迷茫雾霭，看到宇宙的奥秘。当然，他所看到的只有茫茫的黑暗，上面还点缀着寥寥几颗孤独的星。那个没有基本物理常识、不理解宇宙的他却笑着说，这个宇宙真美。

只是……他自嘲地一笑，难道现在的自己就真的了解这个宇宙了吗？他埋藏起年少时的一切，将它们锁在自己心中深处一个隐秘的角落，试图集中精力应付这个现代化世界的种种忙碌，再不去想那些曾经的美好。

现在这个宇宙终于在自己面前展开了它的一切，也呈现出了它的真实面目，可自己为什么却抛弃了小时候的好奇心，不再感受到浩瀚宇宙中那种从未出现过的如同假象一般的极致的美，反而感到了彻骨的恐惧？

他突然想起了"天宇一号"中控室墙上挂的那幅漫画：蒙昧的人类在三维的宇宙中挣扎着生存，更高维度的世界中，神明精心绘制的一幅幅插图被贴在人类可见的宇宙壁上，化作一个个星系与其中闪耀的群星，让人类看到伪造的星空。

那本来只是一个玩笑，也是为了激发工作人员的想象力，可现在……宁枫落总觉得，它恐怕要成真了。或许正是"天宇一号"超前了一百年的建造使得神明们的贴图不再清晰，人们终于看到了星空上的马赛克，终于穿透了那些虚妄的东西，看到了高维度宇宙的本来面貌。

三

　　"天宇一号"的一切都恢复了正常,之前那幅仿佛要摧毁一切的图景消失得无影无踪,仿佛从来没有存在过一般。

　　夕阳最后一抹如血的光芒在山后渐渐隐去,黑夜降临,没有人注意到,幽暗的天幕上,宇宙似乎轻轻地波动了一下,星光似乎黯淡了一瞬,然后随即恢复了正常。第二天,太阳还是照常升起,可它已不是昨天的太阳了。

　　宁枫落轻叹一声,只有他知道这短短十几个小时内发生了什么。

　　这个宇宙封闭了自己,把自己折叠了起来,化作了一个直径不到十个天文单位,却有着完整的十一个维度的新的世界。在这个看似封闭却实际上无边无际的新世界里,每一点都是无数空间的叠加,每一点都是宇宙的中心。

　　众所周知,我们所看到的世界是三维的,而一个量子具有八个维度,因此早在20世纪就有科学家预言宇宙其实是十一维度的,只是它隐藏了其中的八个维度,把它们像一张纸一样卷起来,而只将三个维度呈现在人类眼前。可现在,它把自己的维度完全展开了,于是所占的空间便折叠了起来。准确地说,现在的这个小空间也只是十一维宇宙在三维世界的一小块投影而已。

　　那个夜晚,全地球的望远镜都准确地看到了这样的一幕:在太阳系的边缘,仿佛多了无数闪耀如钻石的晶莹剔透的切面,每一个切面都反射出璀璨的光,每一颗钻石背面,都映出一个新的地球。

宇宙中仿佛竖立着一面面巨大的镜子,将一切信号原封不动地反射回原位。

现在它在"天宇一号"的高清探测下,终于露出了那一抹镜子特有的光亮。无数个地球出现在宇宙中,无数空间又彼此交叠在同一个地方,强大的引力与紊乱的时空虫洞瞬间给了宇宙一个重新的定义。

那是人类未曾见过的新的星空。

终究还是好奇心一次又一次促使着人类文明在这个宇宙中挣扎、进化、破茧成蝶。

我们透过镜子看到这个宇宙,镜子之外,是未知的世界。可谁又知道,透过镜子所看到的,究竟是星辰,还是遥远时空彼岸的自己。谁又知道所有时空中所有维度下那一个个同样的地球,究竟哪一个才是真实的,抑或所有的都是虚幻的。

千万年之后,或许连人类自己,都会忘记是否曾经在一个名叫地球的行星上存在过。

宁枫落痴痴地仰望着那个从幼时便曾爱着的星空,思绪飘向无限远方,仿佛是在自言自语,又仿佛是在和远方的某颗星辰对话。

他不知道,宇宙是否还是原先那个宇宙,但他还是原先的他。

"我看见了宇宙,这宇宙便是我。每一道光,每一颗闪灭的恒星,每一片如烟的星云,都是我。你也是我。这一切一切，都只在我心中。"

"那你说，一个人的一生，和这宇宙相比，究竟哪个更复杂？"

嘴角轻扬，他缓缓地笑了。

指导教师：龚　卉

远

◎田 湛

路 旁

2095年，地球受到严重的核污染，为延长寿命，大多数有钱人选择在自己的身体中植入芯片和机器，从而达到"半人半机器人"的生存状态。他们被下层人所唾弃，并被厌恶地称为"自然的叛徒"。

纪远漫步在都市中，他那颗机械心脏麻木地跳动着，一如他口罩下的麻木神色。目光向路边扫去，他看到路两旁有受到核辐射污染的穷人，他们的身体没有机器的保护，发生了可怕的变异。一位老人的双腿已经溃烂，原本是脚的地方爬满了密密麻麻的蛆——白色的虫子在腐肉和鲜血中蠕动。而老人身旁的婴儿朝过路人挥舞着七根手指的手，天真的脸上长着三只巨大的眼球，他大概是一位在母腹中就已开始变异的孩子。

"市政府什么时候才能管管我们，上周市长不是说要派人来给我们装机器吗？"

"去他的市长！市政府里的那些蛆看过我们一眼吗？老子

就算是烂死在街边也不当自然的叛徒！"

夏日的晚风将滚烫的话语送到纪远的耳中，在市政府工作的他轻蔑地一笑，他想，那些可悲的人之所以抱怨，无非是出于嫉妒而已，因为他们无法拥有有钱人的生活，所以便对那些得不到的东西万般诋毁……真是典型的小人做派。

他无视那些横尸路旁的人，加快了回家的脚步，毕竟家里还有等着他的妻子。

家　中

家里的灯是关着的，这让他感到反常。

纪远一把推开门，妻子蜷缩在客厅的角落中，她的额头上有一道明显的刀痕，血从额头上流了下来。纪远心里一凛，他知道那道刀痕的位置是芯片的位置。

"他们割走了我的芯片，我在变异……"

妻子并没有太多惊慌，她的芯片冷静地述说了她经历的事情。

鳞片爬上妻子的眼角，她的四肢开始变紫。妻子的免疫力很差，环境中无处不在的核辐射正慢慢地侵蚀着她美丽的躯体，她在死去。

"这是报应……都是给我们的报应……"

"他们……是谁……市政府吗？"

妻子无力地点了点头，一滴清澈的泪珠从浑浊而无生机的眼中流出。

市政府……他想起了自己那轻蔑的笑，果真是报应吗？纪远绝望了，他哭喊着、咆哮着，狂怒地抓起桌子上的枪，对准了自己的前额，扣动扳机。

医　　院

"我还没死？……"

他睁开眼睛，眼前一片苍白，看样子应该是在医院。

洁白的墙壁如同他的内心，一片虚无。

"你的芯片没有坏，子弹损伤的是你的脑前额叶……"

"市长说最近种芯片的人太多……所以我们只好采取了这种方式……没想到……"

同事们来看他，在床边说了一大堆话。他没有听，也不想听，话语换不回妻子，也填不满他空洞的心。纪远是学过几年医学的，他知道脑前额叶的功能与情绪、疼痛相关，他也做好了变成一具没有感情的躯体的准备。

同事和朋友们来了又走，眼前的苍白却从未变过。

朋友们劝他想开点儿，在这个无情的都市，权利如果受到侵犯就只能认栽。

想开点儿……他有什么想不开的，失去了的无法挽回，拥有的却仍在失去。

梦　　中

那天晚上，他梦见了逝去的母亲和妻子。

母亲温柔地呼唤着他的名字，向他轻轻招手。他向母亲跑去，却怎么也跑不到母亲身边。母亲笑了，指向他的身后，那里有一片百合花海，他的妻子就站在花海中。

"远，我在这里等你。"

天亮后，来查床的医生发现床上空无一人。

花　丛

五十年后的夏天，郊区的百合花再次盛开。都市的人们都迁往了这片净土，这里被他们称为人类最后的家园。人们不知道这片净土的缔造者是谁，但仍将他奉为人类的救星……

指导教师：周小玲

精卫精卫

◎王思璇

蓬莱有人怜尔苦，劝尔休休早归去。
精卫精卫我亦劝汝归，沧海自有变作桑田时。
——［宋］黎廷瑞《精卫行》

又北二百里，曰发鸠之山，其上多柘木。有鸟焉，其状如乌，文首、白喙、赤足，名曰精卫，其鸣自詨。是炎帝之少女，名曰女娃，女娃游于东海，溺而不返，故为精卫。常衔西山之木石，以堙于东海。漳水出焉，东流注于河。
——《山海经·北山经》

二虎坐在爷爷的渔船上发呆。

海面蔚蓝平静，细密的水波从容不迫地荡漾着，安静地笼罩着水里的生灵，朦胧缥缈。远处，有层青白的雾笼着一座山的轮廓，像极了蓬莱仙山，灵气盈盈。

二虎没读过书，看到这样的场景不知怎么形容，只是心里有一股模糊的感动。

一段枯枝突然狠狠砸进海面,翻起骇人的浪花,从容的蓝被打破成一阵阵翻涌的受惊的炽怒的白,巨大的波纹迅速扩张,触碰到岸边的悬崖,又骤然弹了回来,撞出了一圈银白的水花,发出雷鸣般的声响。

一声清亮的鹤唳划破云缕,穿透东海排山倒海的低吼,凝成一条线,直射入二虎的耳膜。他猛一抬头,只瞄到了一张白如铁刃的鸟喙,一双赤红似火的足。

白喙……赤足……

二虎一愣,慌忙跳下爷爷的渔船:"神鸟精卫,现,现世了!"

精卫飞过海川,又飞向西山,在一块巨石上落下。

她低头啜了一口水,艰难地抬起头,疲惫地展翼,想飞起来,却只是有气无力地拍打了几下翅膀——周围只起了一缕微风,细弱得转瞬即逝。

她活了千百年,一直用西山的木石填海,然而时过境迁,当年的龙王早已换代,炎帝与诸神的传说在后人的臆想中逐渐失真,西山已经秃得见不着半颗石粒,东海却仍然没有一点儿变化。

她又回忆起这些年的经历,她见识了商纣无度、周幽烽火、秦皇汉武、唐宗宋祖盛世开明、战乱烽火、改朝换代,又至明清,郑和下西洋,西域可来往……

如今渔业发达,海是许多人的命根子,她为守护百姓而生,怎么能继续填海?

她英年早逝，为填海而生。而如果填海也没有意义了，那她存在的意义是什么？

世间还需要她吗？

这问题像个无底的深渊，将她拉扯进去——精卫不敢再想，近乎仓皇地抓起一把沙砾，逼迫自己扇动翅膀再返东海。

她出于愤怒与悲伤而向东海复仇，久而久之这竟成了她生活的唯一目的。可干了这多年，若这"复仇"真是一厢情愿的痴梦、虚无的执念，那这千百年来不就都成了一个荒谬的笑话吗？

天高海阔，云卷云舒，花开花落，秋去冬来，而今日正是一片大好春光，微风吹来，带着一片蒲公英，轻柔地拂过精卫的身侧。

精卫慢慢放下心思，一只鹰冲过来，精卫一个不慎，被鹰那宽大的翅膀带起的劲风一卷，瞬间失去平衡，如一片残叶在风中被动地浮动。精卫忽觉身子一轻，她心里暗叫不好，却身不由己地跌落进海底。

海水不容置疑地裹挟住她，就像许多年前她溺海而死时那样——

恐惧一步步逼近，她不可抑制地想起那天如墨的黑天、比白昼更亮的闪电，一个又一个浪头将她牢牢地摁在水下，她艰难地张嘴，海水呛进她的咽喉，它像鱼一样大张着嘴，呼吸着海水，绝望地眼看着自己被海水支配——

然而大海并没有淹没它，一个苍老的声音从四面八方传来，像海底回音，灌入精卫的大脑——

"精卫小儿,你可知罪?"

精卫一愣,心里奇怪,明明是你东海淹的我,怎么到现在反倒对我兴师问罪?

那声音又开口了,只是这回变成了一个孩童的声音:"精卫姐姐,你成为炎帝之后,天下万物都对你倍加尊崇——"

精卫感觉一股寒流顺着她的脊背流进她的脑后,她不禁打了个哆嗦。

那个声音又变成了一个少女的声音:"可精卫呀,你可知道,天下万物自有循环往复的法则,哪由得你逆法而为?"

精卫仿佛预感到了什么,惶惑从心尖开始蔓延——

那个声音又变成了一位稳重的妇人:"精卫,你溺于我东海,本是你自己的过失,却要将过错加在东海头上,你化作神鸟再得新生,有违生死循环之法。这本就是对你的宽容,你却不知足,以复仇之名,投木石以宣泄,妄图堙我东海,扰我水中生灵安息,使我族惶惶不得终日,千年不得安宁——"

精卫战栗起来,千年的迷梦即将被撕碎——

"——你却心安理得地沉溺于自己填海的痴念当中,岂有此理?!"

精卫眼底一片空白——

声音骤然大了起来,似是千万个声音混合在一起,有大有小,有尖有沉,有高有低,千声百态,细听刚才那几个声音也包含在里面——

"精卫,你自诩为救众生而填海,但你可知你在救众生,亦在毁众生?"

无数的声音在精卫耳边喧嚣，她想大吼一声"闭嘴"，扫净喧闹，可话到唇边，却变成细细的一缕儿，只吐出一串水泡，既可怜又滑稽。

"你们……到底是谁？"精卫好不容易从唇齿间挤出一句话。

那声音更加肆意："我们是谁？"

"我们是鱼，是虾，是蟹，是蛟，是这千百年来被你填海所伤而亡的水族生灵！"

"凭什么人的命就贵，我们的命就贱，就要因为一个人溺亡都白白冤死？"

"岂有此理？"

"岂有此理！"

"岂有此理！！"

那声音撕破了精卫自欺欺人的荒唐的美梦，真相嘲弄着她，众生怨嗔着她。

海洋深处传来一声叹息，深海里的喧闹刹那间消失得一干二净，只剩下一只瑟瑟发抖的神鸟。

精卫填海，从表面上看是一个何等具有革命、反抗精神的举动啊！可看事情只看表面，又怎么行呢？

精卫填海，衔西山之木石，以堙于东海，木石却砸死了海底的生灵，多好笑的笑话，多滑稽可悲的笑话。

海本无过错，她却仍在填海。

这样的填海，是毁众生啊！

一个浪头将精卫抛上岸，东海又归于沉寂。

岸上只剩下一只孤零零的小鸟。

她的羽毛凌乱地附在身上，不成模样。

精卫突然号啕大哭起来。

精卫鸟的哭声和笑声一样，清亮长远，不同的是，那笑声是欢愉的，而哭声却能让人无端地听出悲凉与创伤。

这一哭，结束了一个"壮丽"的弥天大错。

蓬莱有人怜尔苦，怜尔身在错中不知错。

劝尔休休早归去，莫将陈醋作琼浆。

精卫精卫我亦劝汝归，沧海自会变桑田。

精卫精卫可怜可悲兮，自以为普度众生，何其可笑，何其可谬，何其可哀！

二虎和爷爷赶到岸边，精卫却不见了踪迹。

爷爷揪着二虎的耳朵，骂骂咧咧地嘟囔着小孩子不上学，尽瞎想些有的没的。

从此，再也没有人见过精卫。

指导教师：邱晓云

折 叠 椅

◎孙艺萌

寒假到了,小云和父母去国外的海边度假。飞机飞到一半的时候,小云想起来,她忘带作业了。小云处于小升初的关键时期,自己对自己的要求也非常高,这让她心头笼罩了一层难以抹去的阴霾。

一路上,小云辗转反侧,默默流起泪来。父母劝她:"没关系啦,旅游就是来放松的,带着作业影响心情呢!"

小云觉得父母说得有道理,于是看起书来。飞到海岛要七八个小时,白天,天空碧蓝,透过窗户可以看到自己飞在云霄之上;夜晚,群星闪耀,梦幻极了。小云渐渐地将不愉快忘在脑后,开始期待海滩的美景。

到达机场时是当地时间上午八点,阳光明媚,暖风拂过,路边的椰子树摇曳生姿。父亲去了租车的地方,开来了提前预约好的车,将行李放进后备箱里,然后去海边的家庭旅馆。

家庭旅馆里的家具、家电一应俱全,有一间卧室和一个客厅,父母睡卧室,她睡客厅里的折叠床。卧室和客厅都有阳台,房间门口有冲浪的工具,小云非常喜欢这个地方,唯一的不足之处是，电梯太老旧。她在这里逛了一圈，心情勉强算好了些。

但是，每当小云想起自己待在这里两个星期都不能写作业，还是会唉声叹气。她的数学落下了一大截，本来打算利用在海滩度假的时间把数学补一补。数学是她的弱项，为了升学，她要更努力地学。

把行李安顿好，他们一家人去了海滩。海滩最著名的地方是一个巨大的海螺，人们甚至可以在里面走动。小云的父母在沙滩上晒太阳，小云则更喜欢在海里自由自在地游泳的感觉。她的外语很好，可以和其他小孩子交流。不知不觉地，一个下午就这样过去了。

傍晚，小云和父母去超市采购了一批食材，用旅馆里的厨具做了晚饭，他们美美地享用了一顿美餐。

晚上，小云还是睡不着。她想着自己的同学和其他与自己年纪相仿的同学可能都在自己玩乐的时候学习，焦虑越积越多，脑子也越来越凌乱。她从床上坐起来，再也睡不着了。她决定去海边散步，一个人吹吹海风，也许心能静下来。天还不算太晚，这里治安也很好，并且海滩就在旅馆门口。

房门口有一把折叠椅，小云拿起它走出门口。

海边空无一人，远方的灯塔照亮了海面，有些云雾缭绕，空气比上午清凉了许多，但还是有些温热。小云有些害怕，但还是想在海边走走。

她又看到了那个巨大的海螺，她决定走进去看看海螺的容量到底有多大。

海螺里很黑暗，很寒冷，越往深处走，越黑暗，小云终于"醒"了，准备跑回去。可是，她突然看见前方有一抹光亮，出于好奇，她又走了进去。

顺着海螺里的那束光，她来到了另一片海滩。这里海风温柔，阳光明媚，还是白天，椰子树的大叶子轻轻随风摆动着，看不到一个人。

小云喜欢这里的阳光，也喜欢这里的宁静。它不像她白天去的海滩，虽然也很美，但是人很多，她渺小的脚印很快就被其他游客踩得面目全非了。在这里，她的脚印留下了清晰的痕迹，一路上还有许多贝壳。海鸥安逸地飞，海浪也缓慢地深沉地冲、卷。

突然，小云想起自己是怎么来的。这个空间不科学！这时，让她更害怕的事情发生了：她看到一个人坐在一棵椰子树下的长凳上！在这个不科学的空间里还有别人？！

小云已经离那个人很近了，正打算蹑手蹑脚地离开，那个人却突然叫住了她："别走啊，来坐坐吧。"她也是一位少女，和小云年纪相仿，声音很温和。小云想，既然人家已经看见她了，躲也躲不掉了，反正她也是个少女，不至于多凶狠，于是她走过去，打开了一直拎着的折叠椅，坐在她旁边。

"你好啊！"少女俏皮地说。

"你好……"小云心存疑惑。这个少女一头棕红色的鬈发微微遮住脸两侧，皮肤白皙，有点点雀斑，五官精致立体，眼神透着清纯，粉颈修长，仪态舒展，纤细白嫩的双脚伸进细沙里，是一个不折不扣的小美人。

"你叫什么名字？"少女问。

"小云。"

"啊！小云！很好听的名字！就像天上的云朵！我叫小海。你从哪里来？从外面？"

小云解释了自己的这趟旅程。

"哦！这样啊，你是半夜逃出来的，要是让管家知道了就不好了！"

"哪儿来的管家啊？"小云疑惑了。

"哦……不是，要是被你父母发现就不好了，"说着，小海捡起一个紫色的贝壳，"拿着这个吧，就当是见面礼了！你刚刚说，你们不是下个星期天才走吗？还有两个星期呢，以后常来找我！前面有一个巨型海螺，和你来的时候走的那个一样，从那里回去吧！拜拜！"

小云觉得她说得没错，也来不及问小海的底细了，连忙按照小海所说的回去了。

第二天醒来，小云想起昨晚的经历，觉得很不可思议，认为自己一定是在做梦。可是茶几上有一个紫色的贝壳！看来自己不是在做梦。

今天，小云和父母又去了海滩。父母要带她去冲浪，但是她不敢，留下来看着毯子和遮阳伞。父母走了后，小云又想去海螺里看看了，结果她又来到了那片海滩。

这里还是阳光明媚，空无一人，海风清新。小海也依然坐在这里。

"嗨！你又来了！"小海兴奋地说。

"你好。"小云匆匆打招呼,"我有很多问题想问。你……是怎么来的?你为什么总是坐在这里?你的家在哪里?"

"你问了这么多问题!我想想,第一个问题是……我是怎么来的?我……我已经坐在这张废弃的长凳上好几年了!"

"好几年?不吃不喝?"

"嗯!不吃不喝!我只是想从外面听听大海的声音是什么样的。算了,第二个问题,我也回答你了。第三个问题,我的家在哪儿?"小海突然没了灵气,她好像想起了一些不愉快的事情,"我宁可没有家了,我的家像个海马笼子!"

"海马笼子?!还有,什么叫'从外面听听大海的声音'?外面是哪儿?里面又是哪儿?你真是个奇怪的人。"小云觉得小海在耍她。

"头一次有人这么跟我说话。"小海嘴角微微上扬,思索着,"我们那里的女孩子不是巴结我就是妒忌我的,我很难交到朋友。唉……"

"为什么?她们为什么巴结你?"

"因为我……没什么。算了,不聊我了。你呢?你有哪些朋友?"

"我……"小云说,"我也没什么朋友。我每天都在写作业,班上的女生都烦我了;我不会打游戏,她们觉得我跟不上时代,都不理我了。"

"你在学校上学?"小海很惊讶。

"当然了!不然呢?你不上学吗?"小云很奇怪她为什么这么问。

"我上学。在家里,果冻鱼先生是我的家教。"

"果冻鱼?你在开玩笑吧?"

"你就当我在开玩笑吧。我没有同学,我羡慕那些有朋友的人,可我交不到朋友。天色不早了,你该回去了,否则你父母会着急的!对了,不要告诉任何人你见过我,我不想让别人知道我在这儿。求你了!"

"好……吧!只是有很多人在海螺里散步,为什么只有我进来了?"

"以后再跟你慢慢解释吧。再见!"

小云走后,这里的海掀起了巨大的波浪。小海索然无味地走进水里,海水由浅变深,变得神秘而见不到底,小海的纤纤玉足所及之地皆变为沙砾制成的台阶,一步一步引着她走向深邃的海底。她白嫩的双腿变成了一条亮晶晶的鱼尾。

一条老人鱼游过来,他秃着顶还戴着眼镜:"公主陛下!您怎么能跟人类说话?!或者,您怎么能把人类放进来?!"

"管家先生不必费心,我去见陛下就是了。"小海漫不经心,神色冰冷,神情麻木,毫无与小云交谈时的光彩。

"小海!"一位戴着皇冠长了一头褐色头发和毛茸茸胡子的中年男人拿着金灿灿的钢叉,披着天鹅绒长袍,愤怒至极。他神色威严,不苟言笑,脸上没有什么表情却能让人感到他的怒火中烧,让人畏惧而不敢接近。他是海洋王国的国王,小海的父亲。

他旁边坐着戴着银冠的棕红色头发的女士,秀丽脱俗,庄严冷峻。这是海底王国的王后,小海的母亲。他们都坐在金灿灿的海底皇宫的银白色的巨大贝壳上，贝壳熠熠生辉，衬托得他们光芒万丈。

"有事吗？"小海冷冷地说。

"我就知道不该让你镇守入口，随便找个人去就是了。你竟然把人类放进来了！如果你再这样，我只能被迫堵住海螺！"

"不要！"小海突然愤怒起来。

"如果你不想这样的话，明天约她过来，删除她的记忆！"

小海神色不再冰冷，而是脸色通红，"为什么？我好不容易认识了一个不那么虚伪的女孩儿！我还想跟她做朋友呢！"

"你疯了？！她是人类！总有一天，人类的轮船会毁坏我们的世界！"

小海想，不能为了自己的友情让国家陷于危险之中，便不得不答应了。

第二天，小云又来找小海了。小海看到小云，"腾"地站起来，面红耳赤，心事重重。

"你……没有告诉过任何人我在这里吧？"

"当然没有！"小云很高兴地说，"我想了想，我觉得我们应该做朋友的！"

"为什么？"小海震惊了。

"因为，你和我都没有朋友啊！我们都需要朋友，朋友的意义不是组团打游戏，也不是互相妒忌！"

"我当然愿意做你的朋友！"小海忘记了父亲交给她的任务。

"我带了素描本来。"小云高兴地说着,拿出了一个线圈本,里面有好多她写生的作品,笔法细腻,人物栩栩如生、神采飞扬。

"你画得太好了!"小海凑过来看着称赞道。

"你有什么爱好吗?"小云好奇地问。

"没有。我每天的课很多,有文化课、插花课、舞蹈课、礼仪课……"小海黯然地说,"没有一个是我喜欢的。其实我很喜欢唱歌,可它不是必修的课程。你喜欢画画?"

"嗯!当然。"

"你有自己喜欢的东西,真羡慕你。你每天很忙吗?"

"忙啊,忙得很。小升初竞争很激烈,全城的小学生都想上好中学,我们就要上各种课,我的绘画就是让我在坚持不住的时候有一个发泄口,我画画的时候,什么都忘了,再也不累了。我这次来没带作业,我还很遗憾呢。唉……"

"我倒想竞争一下。"小海叹息道,"我也想像其他女孩儿一样上学,而不是请家教。我都没有朋友。"

"那些女孩儿怎么对你?"

"她们……有的对我敬而远之,应该是担心别人觉得是巴结我;还有的就是巴结我,给我送这送那的,引起了其他女孩儿的嫉妒。那些人在我面前窃窃私语,有一次我听见了,都是说我的坏话,说我整天什么都不做,等等。跟我们交好的王国倒是有一些女孩儿常来找我玩儿,但是她们只知道化妆打扮,每天说的除了舞会就是化妆品。我对梳妆打扮不感兴趣,她们也很少理我,我去跟爸爸说,他却觉得我挑剔。妈妈也不理解我。其实这只是他们的借口,如果我和那几个女孩儿玩儿得好,对我们的国家也有好处。其实我觉得,我是被利用的,你可能不能理解没有朋友的孤独吧?你不需要让朋友填充你的生活,你还得忙着写作业呢。"

"我理解!"小云打断了她的话,"我们学校里也是这样的!有些同学每天在学校里想着回家组团打游戏,或者聊娱乐节目,这些我都不懂。我的学校里的许多学生一点儿都没有紧迫感,从来不讨论升学的事情,也不好好做作业,一考试就不及格,可他们都不着急!我们没有共同话题,他们觉得我是书呆子,很无聊,没有人和我做朋友,我也不愿意和他们做朋友。"

小海握住她的手,她终于找到了一个知己。这个知己是真诚的、纯粹的,有才华,有理想,有爱好,关键是敢于袒露自己生活不好的一面。她们成了真正的朋友。小海唱歌给小云听。小海的声音回荡在整个海滩,清冷,空灵,纯净,扣人心弦。她好像唱出了海的声音,唱出了少女的孤寂和孤寂中的一丝向往。这首歌叫《海的女儿》,小海唱得很有感情,好像她就是海的女儿。她确实是。小云被惊艳到了,她画下了小海在夕阳下唱歌的模样,小海的美张扬而随性。她们一起聊了一个下午,夕阳映在海面上,深蓝色的大海变成了金黄色的,波光粼粼……

小云走后,小海独自徘徊在海岸边。她希望拥有小云这样的朋友,回忆起下午美好的时光,她突然想起了父母交给她的任务。

"对不起，我又办砸了。"小海回到海里，见到父母，并不走心地说。

"你到底能不能成功啊？！这是为了王国！"国王龙颜大怒。

"你天天就知道'王国''王国'的！她一定是坏人吗？！我就是想要一个朋友嘛！"小海眼中迸出了泪花。

"这种朋友只会把国家推入危险之地，其他王国的公主也可以做你的朋友啊！而且这样还可以让两国交好，真是一举两得！"

"我的友情都是生意，对吧？"

国王语塞。

王后说："小海，有的时候，友情也需要缘分的，你们俩甚至不是同一种生物，而且她只是来旅行的，也许这一生就来这一次，过不了多久她就会忘了你的，还不如直接删除了她的记忆！你不是说了吗，她只在这里待两周，后天她就走了。跟她告个别，然后删除她的记忆！"

"我不要。"小海哽咽了。

"适可而止吧！这已经是宽容你了！本来从你刚认识她的那天起，你就应该删除她的记忆！我们已经让你拖了这么久，也够了吧！"王后也怒了。

小海觉得有道理，抹去了泪水后离开了。

时间过得很快，小云来告别了。这时她们之间的友情已经很深厚了，好像有一根线将她们的心连在了一起。小云依依不舍，只是她不知道，小海更加煎熬。

小海在告别前，精心准备了告别礼物——一个日记本。她又坐在了长凳上，在日记本上画上了她们第一次见面的场景，在最后一页画上了她自己，她的下半身是一条鱼尾。在鱼尾下面是一段文字："我生活在海里，也许你偶尔会想起我，也许有一天你会明白，我什么都不想要，只是想和你一起在海边散散步、聊聊天儿而不会因此被责怪，但是这也许不可能了。谢谢你陪伴了我两周。我们用两分钟认识了对方，你会忘了我，可我要用一生才能忘了你！"

写到这里，小海百感交集，埋头痛哭。

小云来了，心里感到很遗憾，但是尽力不让它显现出来。

小海不仅悲伤，还有些忐忑。

"我要走了，不过以后寒暑假，我会请求父母多带我来这里玩儿的！"

"这是我送给你的礼物！"小海掏出日记本，故作轻松地说。

"好漂亮！"小云欣喜地说，"但是……我没准备什么送你的东西，这样吧，你等我一下，我回旅馆拿点儿东西……"小云转身准备回去。

"不用了！"小海说，她还是害怕小云一来一回的，容易暴露，"你……把折叠椅送给我吧！我就放在这里，假装你还在这里，下次你如果还能来……"小海突然停住了，她想起来了，小云不可能再回来了。

"我还坐在这儿！"小云愉悦地说。

"嗯！"小海哽咽着在嗓子眼儿里挤出这个字来。

于是，她们在阳光明媚的海滩上拥抱告别。

"我们要永远做朋友哟！"

突然，小云手一滑，日记本掉在了地上，海风吹过，露出了本子的最后一页。

小云蹲下捡起本子，读着最后一页的字。

"你……生活在海里？！你是一条……人鱼？！"小云瞠目结舌。

小海无话可说了，她伸出手，在小云的眼前晃了晃……小云感到一阵头晕，手里紧握着日记本，昏昏睡去，不省人事。小海失声痛哭起来，待小云昏昏睡去，她一个人伏在沙滩上，蜷缩着哭泣，渺小而无助。

小云被海洋中的魔法送走了。

只剩下小海一个人在海滩上徘徊，海风还是一样平静，阳光还是一样明媚，小海再次坐回长椅上，抹干了眼泪。她在沙滩上唱起了歌，歌声回荡，响彻云霄，那么撕心裂肺。

下午，小云坐在飞机上，她听见了远方邈远的轻吟，美丽清澈，缠绵悱恻，似曾相识，明明从未听过，却催她泪下。她打量着手里的日记本，好奇它是怎么来的……

指导教师：邱晓云

利他者的传说

◎董佳音

仿佛置身于一个梦境，四周都是不断膨胀着的金黄。那是一座座沙丘，在太阳的照射之下，仿佛一个巨大的野兽的遗骸。四周都是静静的，连一丝风也没有，连一条响尾蛇也没有，连一具骆驼的尸骨也没有。这里真的是梦幻般的生命禁区，从没有一个人走出过。仿佛有一种原始的压抑感沉在头顶，那是几亿年来都没有被打破过的宁静。

我被流放到这片沙漠已经九十九天了。当初沉重得背不动的行囊已经只剩下一瓶水和一枚别在腰间的指南针——生命的可能和生还的可能。我已经习惯了海市蜃楼，也习惯了否定渺茫的一切，而现在，我想否定已经渺茫的希望。我走不出去了。

金黄的沙丘中忽然闪现出一片洁白，像是一片布。是海市蜃楼吗？我不管，只是一味地走过去。在手碰到那块布的那一刻，我的全身感到一种前所未有的快乐与幸福。是的，世界还需要我，我要走下去。

这块布太奇怪了，通体洁白，仿佛是最原始的样子，即使盛满黄沙也不会留下一点儿尘埃。但这块布的边缘却有一片焦黑,仿佛是被炸药炸过的痕迹。或许这里曾是一片战场吧。我把这块布罩在脸上,这样就看不到漫漫黄沙了,只能看到一片令人踏实的小桥流水、炊烟袅袅;我把这块布缠在手上,就能抑制住自己拿水喝的冲动;我把这块布围在头上,所有的绝望就都消失殆尽,只能想到一句金色的话:"走下去,世界需要你!"

带着这块奇怪的白布,我继续在沙漠里走着。水只剩下半瓶了,我的眼睛也慢慢地能看到一条高速公路的灰暗窄条离我越来越近。与不断膨胀着的金黄相比,这一条窄窄的灰暗更给人以慰藉。

离高速公路越来越近了,我忽然看到了一栋漆成蓝色的小房子,或许是旅行者留下的小屋。推开门,我发现了成串的腊肉、成桶的奶粉和成堆的风干肉。这是多么令人可喜的收获呀!但我清楚地意识到了一点——没有水。没有水,这一切都只是死亡的催化剂。突然,我听见了一丝呻吟,那已经不像是人的声音了,但在这样的炽热阳光普照大地的地方,怎么会有鬼呢?我循声望去,那是两个人,头上满是皱纹,粗糙的皮肤上仿佛全是针孔。其中一个人抬起手来,想抓住我的裤脚,轻轻喊道:"水,水。"我下意识地背起包想离开,这半瓶水连我自己都不够,怎么可能给你们呢?

不知道为什么,那块白布忽然缠上我的手,让我将手伸进了背包,将仅剩的半瓶水递给了那两个人。牺牲自己一个人的命,挽救两条对世界更管用的生命,值得。我的脑海中出现了这句话。

所以现在只剩下我一个人躺在小屋的地板上，只剩下最初的那个念头：等死。腊肉和奶粉的味道使我眩晕，在恍惚之中，我的耳边传来了一个故事。

在很久很久以前，有人用最靠近太阳的云朵织就了一个白布罩，刚好足够将地球完全罩住。那个人认为人们将会永远生活在这片洁净下，人人都最无私，都甘于奉献自我、成全他人。就这样过了不知道多少万年，人们还是快乐地群居在山洞里，男人捕猎，女人采野果，过着最原始最幸福的生活。

突然有一天，一块陨石砸向地球，白布破了一个洞。好奇的人们纷纷来到陨石坑旁查看，都想带回些什么好东西，平均分给大家。第一个人进入了陨石坑，但他上来的时候，什么也没有拿。他高声喊道："这片陨石坑是我的领地，这里的一切都是我所独有的！"没有了白布罩，他成了世界上第一个个人主义者。于是，私有制开始出现，竞争开始出现，等级开始出现，社会开始出现，都在这个小小的陨石坑里。一个文明开始发展起来，并不断壮大。这个陨石文明的旅行家们开始想要探寻陨石坑之外的世界。但是，他们再也没有回来。等到陨石文明的历史学家们找到了丰富的资料，明白了白布罩的事后，整个文明开始筹划着摧毁白布罩，"解放"更多的"原始人"。但他们在炸毁的过程中不慎点燃了陨石坑，使古老的陨石文明毁灭了。

而这片沙漠，便是这个辉煌文明的残骸。

几亿年过去了，白布罩的碎片一直散落在这个如今的生命禁区里，等待着人们捡起它，成为最纯粹的利他者……

指导教师：杨　玲

网

◎卢圣璋

蔚蓝的天空下是一片茫茫的山丘，清风吹动青草，放眼望去，一群孩童正在草地上追逐嬉戏。其中有一个孩子与他们似乎格格不入。他跑动的脚步很灵巧，但有时却有些磕磕绊绊。他的身形比周围的人小很多，样貌也十分稚嫩。他有一头秀丽的黑发、端正的五官，十分讨人喜爱。但走近他的人会无比惊诧，他的双目空洞呆滞、毫无生机——他仅仅是一个五六岁的孩子，可双目已经失明，实在让人心疼。

山丘包围着一个小村庄，在村庄最中心的地方，有一群穿着考究的人正聚在一个破旧的屋子里讨论着什么。

"咱们村这几年的经济越来越不景气，年轻人也都被大城市吸引，出去打拼了。这样下去怕是难以维持村子的发展了。"坐在长桌一头的一位两鬓霜白的老人叹了口气。

"村主任……我倒是有一个想法……"男人有些犹豫，但最终还是开了口。

"说吧。"老人的声音很低沉，他看向那个男人，期待着男人的发言。

"记得咱们村前几年有户人家生下来个叫张翰迪的孩子。那家人可怜，孩子天生残疾，父母也在孩子出生后不久就去世了，家里只有一个老爷子带着那个孩子长大。"

"哦，老张他们家啊。"村主任像是想到了什么，"翰迪确实可怜，但挺机灵的，那孩子很讨人喜欢。"

"对对对，我就是想说，哦……城里有个大户人家，之前来过咱们村，他们夫妻俩特别喜欢孩子，但是好长时间了也要不上孩子……之前他们见过翰迪，了解到他父母已经不在了，于是想收养他。他们愿意在领养翰迪后，为我们村投资一大笔钱。我知道这可能对他家老爷子不太好，但是毕竟咱们村是真的撑不下去了，咱大不了拿到钱发展起来了，再给他一点儿补偿金。而且咱们村破，那孩子去了大城市也更有发展前途。哦……您看呢？"男人说得很慢，也很小心，因为他知道老张与村主任是旧交，也深知老张十分疼爱翰迪。仅仅说了几句话，年轻男人的脸颊已经流下了数粒汗珠。

"唉……"村主任双手交叉放在身前，眉头紧皱，沉默了许久，"嗯，就按你说的办吧。"

天色已近黄昏，翰迪与同玩的伙伴道了别，十分快活地越过一个又一个小坡，向着家的方向跑去。

"爷爷，我回来啦！"翰迪推开门，但他找遍了房间也没有见到爷爷的身影。

"爷爷去哪里了呢？"他一边思考一边坐在门前的矮墙上盼望着爷爷回来。

一个颓老的身影在夕阳的映衬下渐渐地显现了出来，老张离家门还很远，翰迪就听出了爷爷的脚步声。

"爷爷！"翰迪循着脚步声跑了过去。老张看到翰迪，先是一愣，神情有些恍惚，待自己缓过神来，翰迪已经笑着跑到了他的身前。老张摸了摸他的头，说道："等了很长时间吧？走吧，咱们回家。"

"爷爷，您到底去哪里了啊？我等了您好半天。"

老张兴许是没有听见，自顾自地牵着翰迪继续走着，没有回答。在落日的余晖中，老张那已满是皱纹的脸似乎又苍老了几分。懂事的翰迪也没有再接着问下去。

晚饭过后，老张带着翰迪出门散步。洁白的圆月像一块圆形璧高挂在天空中，照亮了村庄中的每一条小路。

"小迪啊，过几个星期会有一个叔叔过来把你带到城里面去过更好的生活。"老张的语气很平静。

"啊，爷爷不跟我一起去吗？"

"爷爷可能去不了。"

"为什么呢？爷爷不愿意跟我在一起吗？"

"爷爷当然愿意跟你在一起，但是爷爷去不了。"老张停下了脚步，低头看向翰迪，"小迪啊，爷爷这辈子就算是被咱们村这张网兜住了，时间长了，也就出不去了。外面的世界有爷爷从来没有见到过的风景，你就帮爷爷去见识一下，好吗？"

翰迪也许还有很多很多想问的问题，但当他感受到手上爷爷的泪滴时，那些话都被他咽回了肚子里。他只是懂事地点了点头。

"不过，我还能回来看您吗？"

"当然啦，等到月亮再像今天这样圆……"或许是想到翰迪失明的双眼，老张突然哽咽了。

"爷爷，我能感受到呢，我会一直等着那一天的到来的，您也要等着我回来。"

"嗯嗯，爷爷会的。"

村中的小路交错成细网，若隐若现的光由天上掉落人间，切断了原有的道路，织成了一张广阔无垠的崭新的网。祖孙俩没有再说话，缓慢地走在铺满了黯淡星辉的道路上……

指导教师：郭林丽

食 之 本

◎王煊璞

"我不是跟你说过不要做饭了吗?为什么晚上就不能点外卖呢?这样也省得你做了。"小李今天放学回来晚了,推开家门,一看到桌上冒着热气的饭菜,就不停地抱怨着。

桌前早已等候多时的妈妈听到小李的话后,愣了一下,但还是满脸堆着笑容,说:"下次不做了,你快去洗洗手,赶紧趁热吃吧!"

小李不情愿地走进洗手间洗完手,赌着气只吃了一点点东西就去写作业了。

晚上躺在床上,忍着饥饿,小李心想,要是每天都能吃到美味的饭菜该多好呀!

突然,一个旋涡冲过来把他卷到了一个食物超市里。

超市的货架上摆满了各式各样的食物,他心中的惊恐和困惑一下子消失了。他开心地买了一大堆食物。

一回到家,小李就准备打开鸡肉汉堡的包装,这才感到了不对劲。眼前的包装是一个黑色的密封盒子,正面贴着成分表:碳(C)40%,氢(H)20%,氧(O)30%,磷(P)

0.0078%，镁（Mg）0.00012%。这不是他刚学过的元素吗？这哪是食物呀？他又看了一下生产日期——2781年。他这才意识到他来到了未来。

他拿出手机，想查查这到底是怎么回事。原来，在公元24世纪，由于人口数量超过了地球能承受的极限，人类开始在外太空寻找新的家园。在这一过程中，人们不但找到了许多适宜人类生存的行星，而且在比邻星系发现了外星人———一种硅基生物。数百年后，两种智慧生命的文化与科技相互交融，活动范围也逐渐扩大至整个银河系。然而，食物的问题始终是两种文明进行交融的阻碍。由于人类食用的是以碳链为基础的有机物，而外星人食用的却是以硅链为基础的食物，因此他们访问彼此的星球时，都必须携带食物。这让旅行变得麻烦，也不利于贸易的开展。

人类曾通过很多手段将食物丰富化、美味化，其中相当一部分手段是通过物理上的分割。科学家们基于此想到，如果把食物分割成最根本的元素呢？我们的食物主要组成元素是碳、氢、氧、氮和磷，而外星朋友的食物主要组成元素是硅、氢、氧、氮和磷，其中有四种元素是一样的。先把食物的元素完全分开，再通过特定的程序和酶的催化作用，将其合成为糖类、蛋白质、脂肪和硅基供能物质，接着通过复杂的空间组合和温度处理制作成多样的双方都能食用的食物。于是，双方科学家持续进行技术攻关，终于实现了这一目标。

这些资料使小李震惊的同时，也让他对眼前的这个鸡肉汉堡的期望值大幅度提高了。他按照网上的指引，来到家中的

"灶台"前，将它与手机连接，更新数据库，然后把那个黑盒子塞入灶台上与之对应的内槽，再扣上盖子，点击"灶台"上的屏幕，将食物序号输入，机器扫描完毕后自动开始计时一百二十秒，计时结束后，香喷喷的鸡肉汉堡出炉了。

小李也顾不上烫，马上咬了一大口。天哪！也太好吃了吧！他急匆匆地吃掉了汉堡，立刻开始制作第二个……

后来，小李又从网上了解到，外星朋友所用的"灶台"和地球人用的是一模一样的，只不过在他们的食物黑盒子里，硅代替了碳。这种食物相比之前的食物，既安全又健康。而且还可以调控不同物质的摄入，确保饮食的均衡。

这里太好了！小李下定决心不走了。从此，他每天的食物都不重样，而且无论选择哪种，都美味至极。

但渐渐地，他好像不再能品出酸甜苦辣了，好像一切食物都是一个味道。有一天，他想吃煎蛋饼，可他尝了好多种蛋饼，虽然都很好吃，但都不是妈妈制作的熟悉味道。随着对煎蛋饼的渴望日复一日地增强，他变得不耐烦了——他有点儿想离开这里了……

一阵闹铃响起，他从睡梦中惊醒了，耳旁传来食材在煎锅里烹调的嗞嗞声和抽油烟机的呜呜声。"妈！"没人答应。可能是油烟机声音太大，妈妈没听见。他跳下床，循声来到厨房，他震惊了。

透过窗户，他看到隔壁的邻居正在做早餐，而那些从邻居家传来的似曾相识的声音只能衬托出他空荡的家中长久的寂静。

他明白了，原来从一开始就都是梦。他想起了做梦的原因是自己昨天忘了吃晚饭。这场如此真实的梦好像让他年轻了三十岁。但，他早就不再是那个孩子了。妈妈，早就已经不在了。

滚烫的眼泪从眼角流淌下来，他无比后悔，后悔小时候不懂事，而现在再也吃不到妈妈亲手做的饭菜了。

儿时对未来食物的憧憬，现在看起来无比荒谬。那时的他，丝毫不懂得人们对食物的情结。这根本不是元素能解决的。每一道爱吃的菜都蕴含着记忆，食物的味道永远不只是停留在舌尖。

指导教师：汤　莉

手机（三）

◎林旖萱

我是一部手机，我的主人是一位经验丰富、医术超群的医生。

一个月前，我的主人正在离急诊大厅不远处准备接收被送进来抢救的病人，混乱间，有一个人手里拿着一把小刀冲了进来。我半个眼睛恰巧露着，一下子就看到了他被帽檐遮了片阴影的脸上是晦暗不明的狰狞，锋利的刀尖闪着冷涩的寒芒。那个人我瞧着眼熟，是前两天被送过来抢救的一个老奶奶的儿子，老奶奶突发重症，我的主人和他的同事奋力抢救了许久，虽然救过来了，但因为不可逆的脑损伤，她日后的生活还是会受到很大影响。霎时，我心中警铃大作，在主人白大褂的兜里疯狂地振动起来。然而，主人眼中只有被推过来的呼吸已经有些困难的病人。来不及回应耳畔的质问，主人快速而有条不紊地交代护士准备仪器，像这些年来的无数次一样，他披上战袍，眼中的光亮便炙热起来，义无反顾地去同死神抢人，直到最后一刻。

主人应该没有想到过，一向为生命通道保驾护航的人，有朝一日，竟会因为救回人的命，而让自己命悬一线。

往后的日子，我常想起那一天，锐利的凶器不止一次地捅进了主人柔软的躯体，大片殷红在我眼前层层晕染开，洁白的大褂上，血色的花显得格外触目惊心。我也沾了满身温热的液体，险些当场停机。我的听力向来很好的，只是当时竟顾不得四周嘈杂的人声，耳中只有他支撑不住摔倒在地上时的钝响和喉咙里浸了血却还要说出口的嘱咐。他知道，只要抢救及时，病床上那条鲜活的生命便能救回来，危急时刻，他怎么就不能多顾及自己几分？哦，对了，他是医生，在世人眼中，合该让每一个病人恢复如初。

视线里铺天盖地的暗红压得我喘不过气来，原来，在手术室里抗得过天命的铠甲其实也并不是无坚不摧，他那样坚强勇敢的人到底也不是铜墙铁壁，他那一腔赤诚的热血在这种时候也敌不过人心险恶。

我记得的，那个中年男人在主人满身疲惫地从手术室里走出来抱歉地告知他结果时，他下意识的反应不是劫后余生的欢喜，而是破口大骂和随后的索要赔偿。

主人的情况十分危急，不想也知道，滚烫的鲜血只是染了我满身，却一定是要带走他的体温与生命力的。我无措地把搜索引擎开到了最大，翻出了一切治疗方案，电量急速下降，我几乎丢了一个机器该有的冷静和理智，而发出无声的呐喊："救救他，谁能来救救他……"

突然，我最后的一格电量耗光了，眼前一黑，自动关机了。

再醒来时,我已经躺在病房里的一张小桌子上了,大概是哪个好心的护士姐姐帮我擦干净了身上的血迹,还充上了电。想起睡过去前发生的事,我一个激灵,赶忙去找我的主人。幸好,他躺在一旁的病床上,虽然脸色苍白如纸,但脸没有被蒙住,生命体征平稳。流了那么多血,他的心也会冷吧?我很想帮他把被子再拉一拉,也想问问他,痛不痛,怨不怨,悔不悔。但最终,我的屏幕亮了一下,又熄灭了。他在备忘录里细致地记录了那么多患者的信息与诊疗方案,微博上的求助哪怕他再累也会撑着能回一条是一条。于是,我宽心了些,见四下无人,头一回自作主张地用仅在他清醒时才能听见的音量放了歌。

我不是他的第一部手机,我见到他时,他已经是很有权威的医生了。不过之前的存储卡告诉过我,他是顶尖学府里最优秀的学生。这需要多少辛勤的汗水、多少刻苦的奋斗,不必多说,只不过他依然选择了奔赴梦想,哪怕救死扶伤远没有那么容易,现实生活远没有那么美好。

"就算遭遇再多的寒凉与冷漠,你心头那捧血也依然要温热。"我不急,甚至巴不得他多躺一躺。他太累了,需要休息一下。但最近,医院里已经开始出现了危险的传染病,他一定是舍不得走的。他是那样善良的人,那样热爱自己事业的人,向着众生之苦走去,用心底燃着的火,照亮并且温暖了一个又一个陌生人的生命,而心依然澄澈如初。

不幸中的万幸,他康复的情况还算理想,日后仍能从医,只是这次的损耗不允许他再像以前那样高强度地工作了。被允灿的海底皇宫的银白色的巨大贝壳上，贝壳熠熠生辉，衬托得他们光芒万丈。

"有事吗？"小海冷冷地说。

"我就知道不该让你镇守入口，随便找个人去就是了。你竟然把人类放进来了！如果你再这样，我只能被迫堵住海螺！"

"不要！"小海突然愤怒起来。

"如果你不想这样的话，明天约她过来，删除她的记忆！"

小海神色不再冰冷，而是脸色通红，"为什么？我好不容易认识了一个不那么虚伪的女孩儿！我还想跟她做朋友呢！"

"你疯了？！她是人类！总有一天，人类的轮船会毁坏我们的世界！"

小海想，不能为了自己的友情让国家陷于危险之中，便不得不答应了。

第二天，小云又来找小海了。小海看到小云，"腾"地站起来，面红耳赤，心事重重。

"你……没有告诉过任何人我在这里吧？"

"当然没有！"小云很高兴地说，"我想了想，我觉得我们应该做朋友的！"

"为什么？"小海震惊了。

"因为，你和我都没有朋友啊！我们都需要朋友，朋友的意义不是组团打游戏，也不是互相妒忌！"

"我当然愿意做你的朋友！"小海忘记了父亲交给她的任务。

"我带了素描本来。"小云高兴地说着,拿出了一个线圈本,里面有好多她写生的作品,笔法细腻,人物栩栩如生、神采飞扬。

"你画得太好了!"小海凑过来看着称赞道。

"你有什么爱好吗?"小云好奇地问。

"没有。我每天的课很多,有文化课、插花课、舞蹈课、礼仪课……"小海黯然地说,"没有一个是我喜欢的。其实我很喜欢唱歌,可它不是必修的课程。你喜欢画画?"

"嗯!当然。"

"你有自己喜欢的东西,真羡慕你。你每天很忙吗?"

"忙啊,忙得很。小升初竞争很激烈,全城的小学生都想上好中学,我们就要上各种课,我的绘画就是让我在坚持不住的时候有一个发泄口,我画画的时候,什么都忘了,再也不累了。我这次来没带作业,我还很遗憾呢。唉……"

"我倒想竞争一下。"小海叹息道,"我也想像其他女孩儿一样上学,而不是请家教。我都没有朋友。"

"那些女孩儿怎么对你?"

"她们……有的对我敬而远之,应该是担心别人觉得是巴结我;还有的就是巴结我,给我送这送那的,引起了其他女孩儿的嫉妒。那些人在我面前窃窃私语,有一次我听见了,都是说我的坏话,说我整天什么都不做,等等。跟我们交好的王国倒是有一些女孩儿常来找我玩儿,但是她们只知道化妆打扮,每天说的除了舞会就是化妆品。我对梳妆打扮不感兴趣,她们也很少理我,我去跟爸爸说,他却觉得我挑剔。妈妈也不理解许出院的那天,他仍是那样温和而又坚定地奔赴未知。窗外的天光落在他肩膀上,朦胧了他的身影。但愿迎着他的,是希望的曙光。

"路终有尽头,但星火永不坠落。"

指导教师:张梦甜

后 记

　　半年前的一天，吴欣歆老师联系清华附中，希望我们出一本学生作文书。出作文书对于中学来说是手到擒来的事情，但是具体了解过项目特点之后，我们发现这本书还真不是手到擒来的。因为这本书的文章有别于考场作文，征集的是学生自由自主创作的作品。这样的作品本来有很多，例如，每周我们有随笔（周记）写作，课后我们有创意写作或者变式写作的挑战作业，假期我们有文学创作的活动，语文大活动里我们有相声、剧本、小说、诗歌等的主题写作……我们有太多太多这样的作品，然而，我们并没有将这些作品完整地系统地收集和整理好！所以，接到这个出版项目，我们很激动，激动于才子佳作有机会和大家见面；我们也很懊悔，懊悔于没有日积月累，做好作品的备案和整理工作。因此，我们向全校学生发出了作品征集令。

　　因为当时是线上教学时期，所以征集令是在班级微信群里发布的。这种方式缺乏现场的感染力和互动性，通知的文字总给人冷冰冰的疏离感，我们不知道面对这样一条通知，学生会怎么对待。很快，我们就知道了学生的态度！学生的作品经由自己的语文老师一篇篇、一批批涌向编委老师！有的同学甚至一个人就交了十几篇，投稿热情前所未有，激动人心！编委老师在挑选稿件的时候，既辛苦，又兴奋！这本书的出版，点燃了学生的写作热情，弥补了考场作文之外的其他类型优秀作文的缺憾。

在吴老师的指导下，在教研组长的统筹下，编委老师们从不同文体不同题材的角度精选了这些文章，编排到相应章节，汇集成这本小书，以飨读者。

这本小书的编撰，也让我们教研组老师有了一些反思。

我们真正做到细致呵护学生的天分和激情了吗？我们在自由创作方面给到学生专业的引领和指导了吗？我们留足了时间和精力给这些创意作品有力有情地回应了吗？我们是不是太多次只是展示了天才作者的惊才绝艳之作，而没有给予广大的爱写者足够的关注？我们是不是太多次只是在班内、年级内、校内展示了一些佳作，而没有给创作者更广阔的舞台和锻炼的机会？

还有……我想……我想残酷地自问一句……作为语文老师，我们还在经常创作吗？我们还会突发奇想，如饥似渴地写作一篇波澜起伏、荡气回肠的小说吗？我们还会敏感多情、如痴如醉地写一首意象鲜明、言近旨远的小令吗？我们还会拍案而起，满腔义气地写一篇针砭时弊、激浊扬清的杂文吗？退一步说，我们还会撸起袖子和学生一起写一篇千把字的下水文或者下水周记吗？

我想，也许有些老师多少疏远了创作。

这也是可以理解的，紧张的工作、忙碌的生活，都是实实在在的压力。但是，如果作为老师的我们放下了笔，又如何去激发学生拿起笔呢？

因此，我想，如何激发孩子对语文老师来说并不难，难的是帮助孩子保温，让孩子一直保有创作的激情，让孩子一直保有对生命和生活的爱恋！

然后，我想对学生读者说几句。不知道你们读了这本小书有怎样的感受，而我读这本书觉得真是酣畅痛快！在这本书里，我看到了很多聪明绝顶的创意，看到了很多个性鲜明的表达，看到了很多深刻独到的见解。这让我想到了"独立之精神，自由之思想"！

因此，我想说，亲爱的同学们，建议你给自己一块写作自留地。在这片土地上，心骛八极，神游万仞，独抒性灵，自由自在地成长。让你的文字给你的土地种下绿油油的菜畦，给你土地上的天空种上明亮亮的太阳。不是为了引得行者驻足欣赏、讶然惊叹，而是为了丰盈自己的岁月，充实自己的人生，让自己长成自己喜欢的样子。

如果，这本小书能够让师者摇扇鼓火，殷殷暖炉；能够让学子扩土一隅，欣然躬耕，便是编纂工作的价值和这本书的价值了。

师生围炉，茶香氤氲，美哉此画。

邱晓云